KB044321

인 생 을

좋은 쪽으로

흐르게 하는

행 복 한

마 음 습관

지금이라도
알아서
다행인 것들

원영 지음
나윤찬 그림

불광출판사

지금이라도 할 수 있어서
참 다행입니다

인디언들은 말을 타고 가다 이따금씩 말에서 내립니다. 그리고 지금까지 달려온 길을 한참 바라보다가 다시 말을 타고 갑니다.

누군가 왜 그러느냐고 묻자 한 인디언이 이렇게 답했습니다.

"혹시 내가 너무 빨리 달려서 나의 영혼이 따라오지 못했을까봐 잠시 기다려주는 것입니다."

수행자로 살면서도 가끔은 나의 영혼을 깜박 잊을 때가 있습니다. 좋은 것에 마음이 혹하기도 하고, 뜻대로 되지 않은 일에 화를 내기도 하고, 별일 아닌 일에 상처 받아 아파하고, 오지도 않은 내일을 걱정하기도 합니다. 마음의 중심을 잃고 흔들릴 때가 바로 영혼을 잃는 것이겠지요.

우리는 참 열심히 살아가고 있습니다. 버스정류장의 긴 행렬과 도로를 가득 메운 자동차들, 그리고 지하철 입구에서 끊임없이 쏟아져 나오는 사람들……, 아침에 방송하러 가는 길의 풍경입니다. 볼 때마다 '사람들은 참 부지런하게 사는구나' 생각합니다. 한 번은 깊은 산속 암자에 갔다가 소원지들이 곳곳에 꽂혀 있는 것을 보고, 이 외딴 곳까지 달려온 사람들의 성실함과 정성에 놀라기도 했습니다. 그렇게 열심히 살아가는 우리들인데도 자주 후회하고 지난 시간들을 아쉬워하고 자책합니다. 왜 그럴까요? 혹 우리의 영혼을 잃어버리고 달려왔기 때문은 아닐까요.

삶에 대한 깨달음은 언제나 지나고 난 뒤의 일입니다. 마치 꽃이 지고 난 다음 씨앗이 맺히듯이 말입니다. 씨앗이 이듬해 싹을 틔우듯, 오늘 우리의 후회와 깨달음 또한 내일을 위해 쓰여야 합니다. 아쉬움으로만 남겨두어서는 안 됩니다. 그것이 바로 '인생을 배운다'는 말입니다. 우리는 슬픔 속에서 위로를 배우며, 강인함 속에서 부드러움을 배우며, 나약함 속에서 용기를 배웁니다. 자신감 속에서 겸손을 배우며, 외로움 속에서 자유를 배웁니다. 죽을 때까지 이어지는 삶의 이야기 속에서 우리는 배우고 익히며 조금씩 나아갑니다. 이러한 삶의 태도를 잊지 않고 살아간다면 우리는 이렇게 말할 수 있습니다. "그래, 지금이라도 알아서 참 다행이야!"

사람들은 '스님'이란 존재를 특별하게 생각합니다. 세상을 초월하여 스스로 고행의 길을 선택한 수행자라는 점 때문이지요. 하지만 스님은 특별하지 않습니다. 본질적으로 '스님'이란 직업도 행복해지기로 결심하고 선택한 또 하나의 '길'일뿐입니다. 여러분이나 나나 모두 행복해지기 위한 길을 선택하며 살아가는 것입니다. 어떤 이들은 비구니(여성 출가자)의 삶이 어딘가 힘들고 어려울 거라 생각해 애잔한 눈빛으로 바라보기도 합니다. 자유롭지 못하고 하고 싶은 것을 못 한다고 생각해서이지요. 하지만 스님들은 생각보다 씩씩합니다. 즐겁고 유쾌합니다. 오히려 수많은 규칙들로 자기관리가 되니 더 건강하고 자유롭지요!

어떤 면에서는 보통 사람들의 삶이 더 힘들고 괴롭습니다. 스님은 자기 한 몸 돌보면서 공부하고, 청정한 자세로 살면 그뿐입니다. 그 청정함으로 주변이 밝아지고 좋아진다면 좋은 수행자로 존경을 받기도 합니다. 반면 평범한 사람들은 치열한 생존 경쟁과 복잡한 인간관계에 시달리며 오욕칠정(五慾七情)을 견뎌야 합니다. 그래서 나는 그들에게 진심으로 말하곤 합니다. "당신들 참, 대단해요!"

스님으로서 내가 할 일은 그들과 함께 위로와 기쁨을 나누는 것입니다. 큰 깨달음을 얻어 세상의 빛이 되는 일은 더 큰 스님에게 맡기고, 나는 공부하고 배우고 깨달은 것들을 이야기하고 함께 실천하며 살겠습니다. 함께 기뻐하고 슬퍼하고 함께 행복해질 것입니다.

이 책에 나와 있는 사례들 중엔 나의 첫 에세이집 『인생아, 웃어라』에서 이미 이야기한 부분도 있습니다. 또 불교 용어와 불교식 생활 이야기가 어떤 분들에게는 조금 거북하게 느껴질 수도 있을 것입니다. 수행자는 이렇게 사는구나, 낯선 삶이지만 한 번 들여다보겠다고 마음을 내어주었으면 좋겠습니다.

여러분, 생각해보세요.
지금이라도 알아서 얼마나 다행인가요.
지금이라도 만나서 얼마나 다행인가요.
지금이라도 할 수 있어서 얼마나 다행인가요.
우리에게는 아직 시간이 남아 있으니까요.

2015년 11월 가을
원영

스님은 나에게
얼마나 아프냐고 물었다

괜찮아,
스님도 그랬어

태어나 처음 보는 사람에게, 그것도 스님에게 상담을 받게 될 줄은 몰랐다.
스님을 만나기 전, 내가 예상한 상담의 흐름은 이랬다. ① 차근차근 내 고민
을 말한다 ② 스님은 말없이 고요한 표정으로 들어주신다 ③ 그러다 갑자기
무릎을 탁 치고 눈이 번쩍 뜨이는 답을 주신다 ④ 깨달음을 얻은 나는 놀란
표정으로 바라보고 상담은 훈훈하게 마무리!
스님은 정적이고 이성적이며 어딘가 고독하다고 생각했다. 그런데 웬걸, 원
영 스님은 내 말에 소소한 리액션을 곁들이며 조목조목 대꾸해주었다. 아마
멀리서 보면 재미난 수다를 떠는 것처럼 보였을 것이다. "어머, 웬일이니.
진짜 걔네가 너한테 그렇게 했단 말이야?" "나쁜 사람들이다, 사람이 그러
면 안 되는 거지." 혹은 "괜찮아, 스님도 그랬어." 스님은 내 이야기를 자신
의 일인 양 같이 화내고, 슬퍼하고, 또 기뻐해주었다.
스님은 그렇게 내 인생에 끼여(?) 들었다. 스님과 이야기를 나누고 돌아오는
길, 중구난방 수다 속에서 어느새 나는 고민에 대한 답을 스스로 내리고 있
었다.

송승원(연구원)

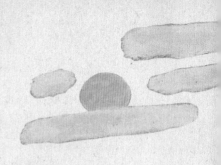

인생에
정답은 없단다

내가 걷는 길이 맞는지 확신할 수 없던 때, 지금이라도 왔던 길을 되돌아가 처음부터 다시 시작해야 하는지 고민하던 시절에 원영 스님을 만났다. 스님은 수학공식처럼 딱 떨어지는 정답을 말해주지는 않았다. 조금 길을 잃고 헤매도 괜찮다고, 꼭 행복하지 않아도 괜찮으니 너무 걱정하지 마라, 어느 순간에든 스님이 곁에 있겠노라고 했다. 세상사람 모두가 나를 비난하더라도 스님은 내 편을 들어주리라는 든든함이 나를 안심시켰다. 스님과의 대화는 어떤 주제라도 가능하다. 맛집이나 영화, 연예인 이야기도 스스럼없다. 이런 스님의 모습이 특별하게 느껴지겠지만, 요즘 젊은 세대의 있는 모습 그대로를 받아주는 스님만의 방식임을 나는 알고 있다.

스님을 알게 된 뒤 모든 걱정이 마법같이 없어졌다면 거짓말이다. 지금도 여전히 하루가 두렵고 잘살고 있는지 걱정스럽다. 하지만 지금은 계획한 길을 걷는 것만큼이나 주변의 아름다움을 놓치지 않는 것도 중요하다는 것을 스님에게서 배웠다. 힘이 들면 조금 쉬었다 가고, 멋진 광경에 사로잡혀 한참을 앉아있다 가도 그리 많이 늦지는 않다는 것을.

유진영 (의사)

내가 만난 원영 스님

나의 좁은 마음을
바로 보게 하는 분

스님과 이야기하고 나면, 사이다 한 잔 들이켠 듯 속이 시원하다. 세상살이 힘들다 하면 세상을 탓해주고, 사람이 힘들다 하소연하면 그 사람을 욕해준다. 이 분이 스님 맞나 할 정도이다. 그러나 나 대신 분노하고 시원하게 욕해주는 스님의 이야기를 듣노라면 어느새 엉켜있던 마음이 풀어지고, 나의 좁은 마음을 탓하게 되기에 이른다.

그러면서도 스님은 은근히 감춰지고 포장된 나의 잘못을 여지없이 건드린다. 둘러대려던 나는 뜨끔해진다. 결국 내 잘못된 생각을 인정하게 되고 그러고 나면 마음은 처음보다 더 편안해진다. 나는 스님의 이 시원한 직설을 좋아한다. 이것저것 따지고 재면서 엉킨 생각들을 딱 한 마디로 '핵심 정리' 해줄 때는 마치 죽비를 맞은 듯 정신이 번쩍 든다.

스님 앞에서 나는 잘 보이려는 가면을 쓰지 않아도 되고, 하고 싶은 이야기를 안심하고 모두 꺼내놓을 수 있다. 스님이 내 잘못을 정확하게 꼬집어도 전혀 기분 나쁘지 않고 "네" 하고 받아들인다. 그래서 원영 스님은 만나고 만나도 또 만나고픈 분이다.

권은경(엔지니어)

스님은 나에게
얼마나 아프냐고 물었다

원영 스님을 알게 된 지 벌써 3년. 그때 나는 새아버지의 사업부도, 어머니의 두 번째 이혼, 이사, 힘들게 아르바이트 해서 다니는 대학에 대한 회의감으로 절망하고 있었다. 속세를 떠나고 싶다는 생각이 들 때 땅끝마을 미황사에서 원영 스님을 만났다. 극락이 바로 이곳이 아닐까 하는 아름다운 풍광 속에서 나의 고민은 얼마나 하찮은 것인지! 나는 그만 더 위축되고 말았다. 스님은 늘 젊은이들에 둘러싸여 있었다. 쉴 새 없이 그들의 이야기를 들어주시는 모습은 마치 친근한 간호사 누님 같았다.

나의 힘든 과거와 가정사를 모두 털어놓았을 때 스님은 '얼마나 아팠니?'라고 물었다. 그리고 내가 출가하고 싶다고 했을 때 정작 스님은 반대했다. 그보다 먼저 밖으로 나가 세상을 겪어보라고 했다. 집에서만 웅크리고 있던 나는 스님의 말씀대로 세상 밖으로 나와 지금은 일본에 있다. 3년 후에 결심이 바뀌지 않는다면, 그때 출가해도 늦지 않을 거라던 스님의 말씀을 기억하며 열심히 일하고 있다. 스님이 아니었다면 지금도 나는 갈등과 방황 속에서 나를 못살게 만들고 있었을 것이다.

임정규(직장인)

차 례

프롤로그 | 지금이라도 할 수 있어서 참 다행입니다 __ 5
내가 만난 원영 스님 | 스님은 나에게 얼마나 아프냐고 물었다 __ 8

1 내 삶을
   우연에
   기대겠습니까

성실함은 아무 잘못이 없다 __ 17
계속해보는 것이 부끄러움을 없애는 길이다 __ 21
적어도 노력하는 사람은 될 수 있다 __ 25
서둔다고 빨리 배워지지 않는 것들이 있다 __ 30
길모퉁이 옆 작은 붓다카페 __ 34
희망을 가진 사람은 모든 것을 가지고 있다 __ 38
스님이나 할까? 그런 말은 하지 마라 __ 42
아하! 왜 살면서 그 생각을 한 번도 안 했을까? __ 45
용기란 단번에 펴지는 낙하산이다 __ 49

인생의 비밀 01 인디언의 옥수수 따기
         02 초심
         03 낙타그늘
         04 늙은 나, 젊은 마음
         05 솔직할 수 있는 용기

2 기다림은
   시간을
   두려워하지
   않는다

홀수 날에는 사랑을, 짝수 날에는 우정을 __ 81
여름, 인생, 행복의 맛 __ 85
운동하듯 행복의 능력을 키우다 __ 89
하나를 채우기 위해 하나를 버리다 __ 92
그러면 좀 어때 __ 96
왜 우리는 삶을 다 살고 나서야 깨달을까 __ 100
귀로 들으면 의심스럽지만 마음으로 들으면 진실하다 __ 104
내일을 준비하는 저녁 삭발 __ 107

인생의 비밀 06 깨달음 뒤의 깨달음
         07 균형
         08 빛나는 옷

3 어른이
된다는 것은
이야기를
가진다는 것

누군가가 너무 감사해서 눈물 흘려본 일이 있나요 __133
부모는 용서가 아니라 이해의 대상이다 __138
우리는 왜 그렇게 나쁘게 헤어지려고 하는가 __142
용서는 어느날 갑자기 이뤄지지 않는다 __146
매일매일 계속하는 일이 지겹지 않다면 행복하다 __150
어머니가 싫다고 하면 하지 않으리라 __154
타인의 기억은 인생을 복습할 기회다 __158
이혼을 할까 커피를 마실까 __161
이제 어머니는 전화를 받지 않는다 __166

인생의 비밀 09 길
10 외로움
11 자존심
12 또 다른 사랑
13 따뜻한 흉터

4 행복을
준비하는 사이
행복은
지나간다

scar(상처)를 star(별)로 바꾸어라 __197
고독은 나 자신을 이해하는 시간이다 __202
남의 말보다 나의 입에서 나오는 말에 귀기울여라 __207
좋다거나 싫다거나 하는 감정에 치우치지 마라 __212
사랑을 알면 인생은 완성되는 것 __217
충분히 슬퍼하지 않으면 슬픔은 복습해야 한다 __222
죽음도 건드리지 못할 늙음에 대하여 __225
상처받은 '나'는 과거에 두고 오라 __229
어리석은 침묵 지혜로운 침묵 __232
나보다 잘나가는 이들에게 박수를 보내라 __237
사랑은 그럴 수도 있겠다는 마음이다 __241
더 많이 이해하면 더 많이 용서할 수 있다 __246

인생의 비밀 14 좋아하는 마음
15 차가운 머리, 따뜻한 가슴
16 다이아몬드 사주
17 고요

1

내 삶을
우연에
기대겠습니까

용기란 낙하산과 같은 법이다.

일단 하늘에서 떨어지면 좍 펼쳐진다.

딛고 선 곳에서 발을 떼는 순간 낙하산이

바람을 타듯 저절로 힘이 생긴다. ……

마음의 부름을 외면하지 말자.

그것은 삶의 아름다운 쪽을

잃어버리는 것일지도 모른다.

성실함은
아무 잘못이 없다

알고 지내는 한 청년에게서 문자가 왔다. 공장에서 아르바이트를 하다가 손가락이 절단되는 사고를 당했다며 병원에 누워 있다고 했다. 고작 스물한 살이었다. 청년은 자신에게 이런 일이 일어나리라고는 생각지도 못했다며 억울하다고 했다.

"스님, 저는 열심히 살려고 시작한 아르바이트예요. 공장에서도 남보다 빨리 잘 하려고 했을 뿐이에요. 내가 너무 열심히 일해서 이런 사고를 당한 것 같아요. 아르바이트를 안 하거나 대충 천천히 일했으면 나에게 이런 일은 일어나지 않았을 거예요. 정말 어떻게 사는 것이 올바른 건지 잘 모르겠어요."

어떤 말을 해주어야 이 친구가 마음을 다독이고 다시 일어설 힘을 갖게 될까. 나는 한참 고민했다. 생각 끝에 "성실함은 아무 잘못이 없다"고 이야기해주었다. 우리는 성실하고 근면하면 원하는 것을 이룰 수 있다고 생각한다. 맞는 말이다. 그러나 성실함은 삶의 태도이지 결과가 아니다. '너무 성실해서 손가락이 절단되었다'는 말은 근본적으로 잘못된 말인 것이다. 성실해서 나쁜 일이 일어났다고 단정 짓는다면 누구도 성실하게 살아가지 않을 것이다. 한참 망설인 끝에 답을 보냈다.

"성실해서 그런 일이 일어난 게 아니란다. 만약 이 일로 인해 네가 대충 살아간다고 생각한다면 앞으로의 네 삶은 어떻게 될지 상상해보렴. 너의 사고는 정말 가슴 아픈 일이다. 하지만 다시 너의 성실함을 믿어 보고 일어서면 어떻겠니?"

그리고 한참 뒤에 답이 왔다.

"네, 스님. 다시 한 번 저의 성실함을 믿어볼게요!"

나를 설레게 하는 희망의 문자였다.

나에게 닥친 불운을 어떻게 맞이하느냐에 따라 인생은 달라진다. "그때 그 일만 아니었다면 내가 이렇게 되지 않았을 거예요." "아프지만 않았더라면 더 잘 할 수 있었다고요." "그 사건 때문에 인생이 꼬였어요." 이렇게 말하는 이들이 있다면 또 이렇게 말하는 사람들이 있다. "그때 그 일로 나는 다른 길로 갈 수 있었어요." "아파서 하고 싶은 일은 많이 못했지만 한 가지 일에 집중할 수 있었던 같아요." "그 사건 때문에 참을성이 길러졌어요." 등. 우리는 보통 후자의 사람들을 가리켜 불운을 '극복'했다고 말한다. 그런데 나는 극복이란 말을 좋아하지 않는다. 그 말에선 왠지 반드시 해내야 하는 완강함이 느껴진다. 그래서 나는 '맞이한다'고 말한다. 손님처럼 맞이해서 다독이고 달래어 잠재우는 것이라고 생각한다. 비슷한 불행과 불운에도 전혀 다른 삶을 사는 까닭은 무엇일까. 불운을 나에게서 사라지게 만들려는 것과 다독이면서 내 것으로 품어 안으려는 삶의 태도가 다르기 때문이다.

나는 두 번의 눈 수술을 받았다. 한쪽 눈은 수술 뒤에도 시력을 회복하지 못할 가능성이 높았다. 그 사실을 알고 크게 낙심했다. 불안함도 컸다. 한쪽 눈으로 잘 볼 수 있을까. 어딘가 어색하지는 않을까. 이러다가 다른 눈마저 나빠져서 두 눈 모두 보이지 않으면 어떻게 할까. 그래서 화가 나고 짜증이 났다. 아픈 눈만 생각하니 아무 일도 손에 잡히지 않았다.

그러다 '두 눈 가운데 한 눈으로만 보면 시야의 70%가 보입니다'라는 글을 읽게 되었다. 50%만 볼 수 있다고 생각했는데 70%라니! 사실 누구나 다 조금씩 몸에 안 좋은 부분이 있기 마련이다. 두 눈 모두 시력이 안 좋은 이들이 있고 청력이 떨어지는 이들도 있다. 모든 신체 능력이 100%인 사람은 없다. 나 또한 조금 덜 보일 뿐이었다. 그러고 보니 한쪽 눈이 안 보이는 만큼 본능적으로 고개를 이리저리 돌려 보는 버릇이 들었다. 조금의 수고로 다 보이는 것과 마찬가지인 셈이다.

물론 지금도 불안한 마음이 깨끗이 사라진 것은 아니다. 문득문득 불안해지기도 한다. 하지만 그때마다 나의 작은 불운을 다독이면서 책을 읽고 글을 쓰고 강의를 한다. 내 본연의 일만큼은 되도록 게으름 피우지 말자고 다짐한다. 성실함이란 이런 것이 아닐까. 무엇에도 크게 흔들리지 않고 살아가는 태도!

볕 좋은 가을날, 책 한 권 들고 산책에 나섰다. 근처 공원 잔디밭에 나만의 자리가 있다. 버드나무 아래 앉아 가져온 책을 읽고, 가끔은 책

성실함은
아무 잘못이 없다

을 베개 삼아 눕기도 한다. 밀짚모자로 얼굴을 반쯤 가리고 누우니 수양버들이 바람 따라 이리저리 흔들리고 그 사이로 파란하늘과 둥실 떠다니는 구름이 보인다.

'아, 우리 인생도 이렇게 살아야 하는 게 아닐까. 바람에 흔들리는 버드나무처럼.'

힘든 일이 있을 땐 힘들어하며 흔들리고, 좋은 일이 있을 땐 좋아서 흔들리는 것. 흔들림 없이 늘 평온하게만 살려고 버티다 보니 너무 힘들게 살아가는 것은 아닐까. 바람과 맞서려면 부러질 수 있는 법이다. 살랑살랑 흔들리는 버드나무를 눈으로 좇다 보니 일순 사방이 아득해진다.

계속해보는 것이
부끄러움을 없애는 길이다

인사동 거리를 걸어가는데 몇몇 아주머니가 아는 척을 한다.

"스님, 정말 멋있어요. 당당한 커리어스님이에요!"

불교대학에서 나의 강의를 듣는 분들이다. 강의와 라디오방송 디제이, 상담 등 많은 사람들을 상대하는 일을 하다 보니 사람들은 나에게 자신감이 넘쳐 보인다고 치켜세운다. 그럴까. 누군가 '당신은 누구입니까', 라고 묻는다면 나는 다소곳이 '저는 소심한 사람입니다'라고 답하고 싶다. 나는 사람들을 많이 만나는 만큼 상처도 많이 받고, 상처가 깊어지면 자기비난에 빠지기도 한다. 그런 약한 마음으로 상담을 어떻게 하느냐고? 그런 나약함을 솔직하게 드러내고 함께 헤쳐나가는 게 나만의 상담 비법(?)이다.

스님이 되었을 때, 유학을 갔을 때, 강의를 하게 되었을 때, 방송을 시작했을 때 나는 늘 두려움이 먼저 앞섰다. 잘하고 싶지만 잘하지 못할 것을 알기에, 그래서 많은 노력이 필요한지 알기에 답답하고 두려웠다. 강의를 듣는 학생들의 눈과 수많은 청취자의 귀가 내 입을 망설이게 하고 말을 더듬게 했다. 떨리는 마음을 감추고 아무렇지도 않은 척하며 강의하고 방송하는 그 모습이 바로 나였다. 뭔가를 시작할 때마다 벌거벗은 몸을 들키기라도 한 것처럼, 나 자신은 한심하기 짝이 없었다. 막막할 땐 잠깐 팔자 탓도 했다. 좋은 부모님을 만났더라면 내가 스님이 되었을까. 돈이 있었더라면 장학금을 받으려고 악착을 떨진 않았겠지. 말재주가 있었다면 유창하게 가르쳤을 텐데. 하지만 두려움을 피하고 싶은 핑계일 뿐이었다. 나에겐 선택의 여지가 많지 않았다. 해야만 하는 일들이었다. 영국의 소설가 D. H. 로렌스가 한 말이다.

"인간은 완벽하지 않은 존재다. 어떤 점에서 남보다 뛰어나더라도 그것에 너무 의지하지 않는 것이 좋다. 또 어떤 점에 있어서 남보다 열등하더라도 비관할 필요는 없다. 잘난 사람도 어떤 점에서는 남만 못할 것이며, 못난 사람도 어떤 점에서는 남보다 나을 수 있다. 자기가 뛰어나다고 생각하는 것은 도리어 무거운 짐을 짊어진 것이나 다름이 없다. 남보다 못하다는 열등의식 또한 똑같은 정신적 부담을 지는 것이며, 자칫하면 남을 시기하게 되고 혹은 고독에 빠지기 쉽다."

나처럼 소심한 사람들에게 용기를 주기 위해 나는 종종 이 글귀를 인용한다. 나와 당신, 모두가 완벽한 재능을 갖고 태어나지 않았음을 알고 겸손하면 두려운 마음을 다독일 수 있다. 떨리는 건 당연해, 누군들 처음부터 잘할 수 있겠어, 못하니까 조금 더 해보자……는 겸손한 마음이 계속할 수 있는 힘을 준다. 내 경우엔 강의를 듣는 학인들의 눈빛이 나로 하여금 용기를 내게 했다. 방송 내내 SNS로 문자로 전해지는 청취자의 사연들이 마음의 두려움을 몰아냈다. 그리고 지금의 모습이 되었다. 물론 여전히 떨리지만 그 떨림에 나를 맡기지 않고 노련하게 다룰 줄 알게 된 것이다.

어려서부터 내성적이었던 내가 많은 대중을 상대로 하는 일을 직업으로 삼으리라곤 전혀 생각지 않았다. 더욱이 스님이 되리라고는 조금도 생각하지 않았다. 사과 속의 씨앗은 셀 수 있어도 씨앗 속의 사과는 셀 수 없다고 했던가. 한 개의 씨앗에서 얼마나 많은 과일이 열릴지 모르는 것처럼, 우리가 어떤 모습으로 살아갈지는 누구도 모르는 일이다. 씨앗의 가능성이 무한하듯 인간이 지닌 가능성 역시 무한한 것이니 말이다.

그러니 지금 부끄럽고 떨리고 부족한 것처럼 느껴지더라도 조금만 더 해보자. 부끄러움에 지지 말자. 소심함이 내가 하고 싶은 일을 방해하도록 만들지 마라. 심리학 교수 래스 패롯은 매사에 완벽하려는 사람들에게 "아침마다 거울을 보면서 실수해도 괜찮다고 말하라"고 당부한다. 생각해보면 우리는 늘 남보다 더 나를 엄격한 기준에 맞추려 드는 버릇이 있다. 다른 사람의 부족함은 그럴 수 있다고 너그럽게 받아주고, 나의 작은 실수는 "왜 그랬어!"하며 못마땅해 한다.

오전 9시. 지금 나는 방송 스튜디오에 앉아 있다. 'ON AIR'에 빨간 불빛이 들어오면 잠깐 숨이 멎는다. 'ON AIR' 빨간 불빛이 과거의 모든 두려운 순간을 다 불러오는 것 같기 때문이다. (청취자는 보이지 않겠

계속해보는 것이
부끄러움을 없애는 길이다

지만) 벽에 머리를 콩 찧기도 하고 눈을 질끈 감아보면서 나는 마음을 다잡는다. 그리고 나지막이 속삭인다.

"안녕하세요. '아침풍경' 원영입니다."

적어도 노력하는
사람은 될 수 있다

불교인은 간절한 무엇을 이루기 위해 108배, 3천 배를 한다. 절에는 하심下心, 머리와 허리를 숙이듯 마음을 낮추라는 의미가 담겨 있다. 성철 스님은 자신을 만나러 오는 사람들에게 3천 배를 시킨 것으로 유명하다. 3천 배를 다 하지 못하면 스님을 만날 수 없었다. 한번은 법정 스님이 3천 배를 시키는 까닭을 물었더니 이렇게 말씀하셨다고 한다.

> "사람들은 나를 만나고 싶어 합니다. 하지만 아무리 생각해도 나는 그들에게 어떤 이익도 줄 수 없습니다. 그러니 나를 만날 게 아니라 부처님을 만나라는 의미에서 3천 배를 시키는 것입니다. 3천 번 절을 하고 나면 그 사람 심중에 뭔가 변화가 오게 되고 그 변화가 오면 그 다음부터는 저절로 절을 하게 되지요. 나를 만나지 않아도 되는 순간이 찾아온 것입니다."

적어도 노력하는
사람은 될 수 있다

내가 '제대로' 절을 해본 것은 승가대학 4학년 때이다. 마음 깊은 곳에서 솟는 간절함으로 올린 기도 말이다. 스님들이 다니는 승가대학교 4학년은 평범한 대학 졸업반처럼 진로를 정해야 할 시기다. 선방에 갈지, 대학원에 갈지, 아니면 사찰로 돌아갈지 결정해야 한다. 그런데 당시 나는 근본적인 고민에 빠져 있었다. '과연 수행자가 내 적성에 맞을까?' 이른바 적성 문제에 봉착했던 것이다.

그즈음 수행자의 모습은 나의 이상 속에서만 존재한다는 것을 알았다. 반듯하게 다린 잿빛 승복에서 느껴지는 엄격한 절제, 미동 없는 얼굴에 깃든 고요……. 그런 수행자가 되기에는 나는 너무 많은 번뇌와 욕심, 이기심을 안고 있었다. 그 모든 걸 이겨내고 아름다운 수행자로 거듭날 자신이 없었다. 여러 날을 고민했지만 답은 보이지 않았다.

그래서 시작한 것이 절이었다. 하루 천 배씩 절했다. 한 배 두 배 절을 올리며 무성한 덤불을 한 포기씩 뽑다 보면 마음밭에 분명 뭐가 남아 있을지 보일 것 같았다. 내가 무릎관절염으로 고생한 적이 있음을 아는 도반(함께 수행하는 벗들)들이 말렸다.

"원영 스님아, 그러다 무릎 나가면 큰일 난다. 평생 고생해."

그러나 몸의 고통은 견딜 수 있을 것 같았다. 경전 강의가 끝나면 절에서 가장 작은 법당으로 향했다. 서너 사람이 앉으면 꽉 차는 공간에서 무릎을 꿇고 또 꿇으며 절을 했다.

하루 천 배씩 올린 절이 어느새 만 배가 되었다. 이를 악물었다. 어느 순간 눈물이 터졌다. 절을 하는 내내 멈추지 않았다. 처음에는 무릎이 너무 아파서 울었다. 그런데 울다 보니 공연히 슬퍼졌다. 서러워서 울고 이런 나를 엷은 웃음으로 내려다보고 있는 부처님이 야속해서 울었다.

그런데 어느 순간 나는 더 이상 묻지도, 답을 찾지도 않고 있는 자신을 발견했다. 아무런 생각 없이 덤덤하게 절했다. 무릎을 구부려 엎드린 다음 머리를 바닥에 닿게 하고 다시 일어나는 과정을 계속 할 뿐, 무심(無心)의 상태였다. 기도는 21일 만에 끝났다. 약속대로 2만 배를 했다. 하지만 아무 답도 구하지 못했다. 아니 어느 순간 답을 구할 필요도 없어졌다.

그 뒤 며칠 몸살을 앓고 일어났다. 가벼운 산보라도 가려고 나섰더니 구름 위를 걷듯 발걸음이 가벼웠다. 하루이틀 지나자 내가 달라졌음을 느꼈다. 눈은 조금 깊어진 듯했고 입가는 부드러워진 듯했다. 말씨 또한 사뿐해졌다. 다른 사람의 말을 자세히 들으려 했다. 답하기 전에 한 번 더 생각하고 말하는 버릇이 생겼다. 마음속의 '나'와 한층 가까워진 느낌이었다. 마음의 막막함도 사라졌다. 완벽한 수행자가 될 수 있을까에 대한 확신, 그것이 있어야만 그 길을 걷겠다는 믿음을 놓아버렸다. 그러고 나니 비로소 멋진 수행자가 될 수 있을 것 같았다. 적어도 멋진 수행자가 되려고 노력하는 사람은 될 수 있을 것 같았다. 성철 스님이 말씀한 '심중의 변화', 바로 그것이었다.

또 하나 중요한 깨달음은, '나'라는 존재가 얼마나 자기애가 강한 사람인지, 흠이 많은 사람인지 알게 되었다는 점이다. 자신이 어떤 사람인지 알고 살아가면 훨씬 더 조심할 수 있는 법, 참 다행스런 일깨움이 아닐 수 없다. 자기애가 강한 만큼 나는 좀 더 깎이고 다듬어져야 했

적어도 노력하는
사람은 될 수 있다

다. 매사 더 겸손하고 낮추며 살아야 함을 깨닫게 된 것이다. 그렇게 21일 동안의 기도 덕분에 나는 수행자로서의 한 고비를 무사히 넘길 수 있었다.

이렇듯 살다 보면 몇 차례 고비를 맞게 된다. 이것은 자연스러운 일이다. 『보왕삼매론』에 이르기를, "세상살이에 곤란 없기를 바라지 마라. 세상살이에 곤란이 없다면 업신여기는 마음과 사치하는 마음이 생기나니, 그러므로 성인께서 말씀하시되 '근심과 곤란으로써 세상을 살아가라' 하셨다"고 했다.

도저히 답이 보이지 않는 상황이라 해도 우리는 기도할 수 있다. 자신들이 믿는 누군가에게 원하는 것을 들어달라고 기도하면서 고난을 극복하길 바라지만 사실 원하는 대로 단박에 이뤄지지 않는다. 어쩌면 그냥 하늘을 향해 '내가 이렇게 힘들다고요'라고 일러바치는 것일 뿐일지도 모른다.

그러나 그 간절함이 깊어지면 분명히 듣게 되는 목소리가 있다. 그 소리는 기도해본 이들만이 알 것이다. 인생은 누구에게나 기도가 필요한 순간이 있다. 그리고 열심히 기도해서 아무것도 얻지 못한 사람은 없다. 성 프란체스코 신부의 「기도」의 일부다.

큰일을 이루기 위해 힘을 주십시오, 라고 기도했더니
겸손함을 배우라고 연약함을 주셨다.
많은 일을 해낼 수 있는 건강을 구했더니
보다 가치 있는 일을 하라고 병을 주셨다.

행복해지고 싶어 부유함을 구했는데

지혜로워지라고 가난함을 주셨다.

세상 사람들의 칭찬을 받고자 성공을 구했더니

뽐내지 말라고 실패를 주셨다.

삶을 누릴 수 있게 모든 걸 갖게 해달라고 기도했더니

모든 걸 누릴 수 있는 삶, 그 자체를 선물로 주셨다.

구한 건 하나도 들어주시지 않았지만

내 소원을 모두 들어주셨다.

하느님의 뜻을 따르지 못하는 삶이었지만

내 마음속 진작 표현 못할 기도는 모두 들어주셨다.

나는 가장 축복받은 사람이다.

적어도 노력하는
사람은 될 수 있다

서둔다고 빨리 배워지지
않는 것들이 있다

교토에 가면 오멘(おめん)이라는 우동집이 있다. 몇 대째 내려오는 이 우동집은 은각사(銀閣寺) 앞에도 있는데, 나는 시내(테라마치도리)에 있는 우동집을 더 좋아한다. 유학시절, 시내에 나갈 때마다 잊지 않고 들리던 단골집이다. 처음 그 집 우동을 먹었을 때는 신세계를 만난 듯했다. 깨를 직접 갈아넣거나 쫀득쫀득한 면이 일품인데, 특히 각종 채소를 잘게 썰어 산처럼 높게 세운 샐러드는 어디에서도 맛볼 수 없다. 운이 좋으면 주방의 바 앞에 앉아 채소를 세우는 요리사의 기술을 볼 수 있다. 한번은 혼자 늦은 점심을 먹으러 갔다가 주방이 보이는 자리에 앉았다. 늘 그랬듯이 우동을 주문하고 요리사의 움직임을 지켜보았다. 예의 조금도 흐트러지지 않은 채소샐러드와 우동이 나왔다. 마침 손님도 나 혼자라서 나는 요리사에게 이것저것 물어보았다.

"이 채소 산을 얼마 동안 만들어 오신 거예요?"

"글쎄요. 여기서 일한 지는 9년 되었어요. 그 전에는 은각사 앞에서 일했거든요. 처음 몇 년 동안은 매일 채소만 세웠지요. 결혼하고 나서 여기서 일하기 시작했고요."

알고 보니 그는 오멘 우동집의 사위였다. 그때 중년의 여인이 나를 향해 웃으면서 지나갔다. 추리해보면 그는 은각사 우동집에서 요리사로 들어와 그 집 딸과 결혼하여 분점을 낸 것이다. 어쩌면 우동집 사장은 우직하게 채소 산을 쌓는 그의 모습을 보고 사위로 맞아들이고 후계자로 낙점하지 않았을까.

"아, 그렇군요. 정말 대단한 솜씨입니다."

한 10년 전쯤의 이야기니까 지금은 어떻게 변했을지 궁금하다. 아직도 그 주방장은 우동집에서 꼿꼿하게 맛난 야채를 모아 산을 만들고 있을까? 평생 한 길을 간다는 것, 장인이 된다는 것에는 특별한 인내심이 요구된다. 지금의 나처럼 중노릇 하는 것도 힘든 일이지만, 나보고 평생 채소만 세우라고 했다면 아마 기겁했을 것이다. 마찬가지로 오멘의 주방장에게 나처럼 머리 깎고 살라고 했다면 그 역시 고개를 저었을 것이다. 우리 모두에게는 자신이 좋아하는 것, 잘하는 일이 다르기 때문이다. 그래도 어떤 일이 되었건 매일 같은 일을 반복하며 산다는 건 쉽지 않은 일이다. 채소를 산처럼 쌓는 기술을 가진 일본의 주방장에게서 내가 본 것은 '자유로움'이었다. 그것은 자신이 스스로 선택한 일에 오랫동안 공을 들여 노력하고 이뤄낸 사람들이 갖는 자신감이다.

요즘 사람들은 정보가 많아서인지 어떤 일을 선택하고 행동하는 데 재빠르다. 그래서 포기하는 것도 빠르다. 자신이 하는 일이 잘 될

서툴다고 빨리 배워지지
않는 것들이 있다

지 안 될지, 영리하게 계산하며 앞을 잘 내다보기 때문이다. 그런데 달리 생각하면 너무 지나치게 데이터와 정보에 의존하고 있다는 느낌이 들기도 한다. 일이 완성되기 위한 시간을 되도록 최소한으로 정해놓는다. 게다가 작은 실패에 좌절하고 소심한 성향까지 더해지면 오랫동안 기다리며 무언가를 해나가기란 쉽지 않다. 개인의 성향은 부모의 교육 탓도 있다. 요즘 사람들이 싫증을 자주 내는 것은 부모가 아이에게 어려서부터 장난감을 자주 바꿔주었기 때문이라는 이야기를 들은 적이 있다. 어려서부터 아이가 원하는 대로 장난감을 자주 바꿔주며 풍족하게 성장한 경우, 어른이 된 후에도 매사에 진득하지 못하고 인간관계에서도 원만하지 못해 이혼율이 높다는 주장이다. 좋아서 시작한 일도 금세 지루해하고, 사랑해서 결혼을 했는데도 얼마 안 가 싫증을 낸다는 거다.

나는 무엇이든 3년은 해봐야 한다고 생각한다. 예전 같으면 10년이라고 했을 테지만 지금은 세상이 빨리 돌아가는 만큼 3년으로 줄였다. 다른 길로 방향을 바꿀 최소한의 시간을 벌기 위한 시간이다. 적어도 3년 정도는 투자해봐야 내가 가야 할 길인지 아닌지 조금은 보일 것이다. 그러나 3년을 했다고 해서 전문가라고 하기에는 무리가 있다. 요즘 방송에서 보게 되는 각 분야의 '전문가'들은 너무나 젊어서 놀랄 때가 종종 있다. 일정 시간 동안의 경험들, 그야말로 산전수전 다 겪어보았는지 살짝 의심스러운 것이다. 빠르고 편하게 접할 수 있는 지식으로 무장한 전문가는 될 수 있을지 모르겠지만 오랫동안 시간의 숙성으로 만들어지는 지혜는 아직 부족할 것이다. 문제는 이들 젊고 스마트한 전문가들을 선망하는 젊은이들이다. 너도나도 빠르게 해내려는 분위기 속에서 그만큼 절망과 좌절은 깊어간다. 그런 젊은이들에게 좀 천천히 가라고 말해주고 싶다. 통과해야 할 단계들을 건너뛰려 하지 말고, 화려하고 좋아 보이는 것에 유혹당하지 말기를 바란다. 소설가 헤밍웨이는 날마다 연필 열 자루가 닳도록 글을 썼다. 그는 『오후의 죽음』이란 소설에서 이렇게 썼다.

> "서둔다고 빨리 배워지지 않는 것들이 있다. 우리에게 있는 것은 시간뿐이지만 그것을 터득하기 위해서는 듬뿍 시간을 소비해야 한다. 간단한 지혜이기는 해도 그것을 배우려면 우리가 일생을 두고 해야 하는 일들이기 때문에 사람들이 새로 인생에서 얻게 되는 조그마한 지혜는 매우 귀중하며 인간이 남기고 가야 하는 유일한 유산이 된다."

서둔다고 빨리 배워지지
않는 것들이 있다

길모퉁이 옆
작은 붓다카페

나는 큰 불상이 싫다. 밤하늘에 번쩍이는 커다란 십자가 또한 거슬린다. 크고 화려하게 장식한 종교적 상징물이 나는 거북하다. 종교인인 나도 이런데 보통 사람들은 어떨까. 조금 더 나아가면, 스님인 나의 모습도 사람들에게 거부감을 주지 않을까 조심스럽다.

충청도 어느 깊은 산에 자리한 절에 간 적이 있다. 작은 법당에 비해 마당이 아주 넓은 도량이었다. 법당에 들어가니 예상대로 겨우 두 사람 정도 들어갈 만큼 작았다. 게다가 모셔 놓은 불상이 겨우 내 손바닥 크기만 했다. '어라? 이렇게 작은 부처님이? 너무 작아서 소원도 잘 안 들어주시겠네'라고 생각하며 삼배를 올리는 순간 꽈당, 하고 엎어져 머리를 찧고 말았다. 머리가 핑 돌았다. 마치 누군가 내 뒤통수를 꽉 눌러서 "이놈~!" 하고 바닥에 박은 듯했다. '아이고, 잘못했습니다. 부처님의 모습을 크기만 보고 판단하다니 제가 잘못했습니다.' 매사에 크기와 겉모습을 보고 섣불리 판단하지 말라는 가르침을 다시 한 번 새긴 일이었다.

　나는 절이 없다. 신도들이 찾아올 사찰을 갖고 있지 않다는 말이다. 사찰을 운영하면 사람들이 찾아오고 그들을 위해 기도하고 설법을 한다. 강의를 하고 방송을 하고 글을 쓰는 나는 굳이 사찰이 필요하지 않다. 지금 내가 살고 있는 집에는 불상 대신 부처님 사진을 모셨다. 그 앞에서 향을 피우고 기도한다.

　하지만 내가 꿈꾸는 절이 있다. 큰 불상을 모시고 화려하게 단청을 하고 높은 탑을 쌓은 그런 사찰이 아니다. 도시의 골목길 어디쯤에 조그만 공간을 마련하여 소박한 부처님을 모시고 싶다. 그곳은 수시로 사람들이 드나들며 차를 마시고 마음을 나누는 곳이다. 걷다가 힘들면 들어와서 목을 축이고 쉬어가는 곳. 가끔은 나와 함께 이야기를 나누어도 좋겠다.

　언젠가 작은 요트를 타고 혼자서 태평양을 횡단하는 한 남자의 사연을 방송에서 보았다. 망망대해에 떠 있는 그의 배는 얼마나 작은지, 마치 나뭇잎배에 올라탄 개미, 딱 그 모습이었다. 그런데 어디선가 새 한 마리가 날아와 돛대 끝에 앉았다. 바다를 건너는 철새 무리에서 이탈한 새였다. 배의 주인은 새가 놀라지 않도록 조심조심 움직였다. 수백 수천 킬로미터 거리를 쉬지 않고 날아가야 하는 철새들 가운데 몇몇은 간혹 낙오되곤 하는데, 다행히 그 새는 요트를 만나 한참 쉬었다가 다시 무리를 향해 날아갈 수 있었다. 망망대해의 작은 요트 같은 절, 피곤한 날개를 잠시 쉬어갈 수 있는 곳. 도시의 길모퉁이 작은 사찰을 나는 만들고 싶다.

길모퉁이 옆
작은 붓다카페

이런 바람을 갖게 된 것은 청년들을 만나면서다. 마땅히 만날 곳이 없어 늘 카페에서 만나곤 했다. 처음에는 조금 미안한 마음도 없지 않았는데 솔직하고 편안하게 이야기를 나누기에는 카페가 적당하다는 생각이 들었다. 절에서는 아무래도 엄숙함 때문에 조심스러워지기 마련이다. 그래서 한 잔의 차가 있는 카페 같은 절은 없을까, 생각하기에 이른 것이다. 일명 '붓다 카페'다.

주위에서는 언제까지 그렇게 살 거냐며, 이제 그만 제대로 된 사찰을 맡아보라고 걱정한다. (스님들의 세계도 앞날에 대한 불안은 있다!) 가끔은 고민에 빠지기도 한다. 절에 들어가 수행하며 살까. 선방에 다니며 정진하는 삶을 살까. 봉사하면서 자비를 실천하는 삶을 살까. 물론 이 모든 것이 하나로 더해져야 하는 것이 진정한 수행자의 삶이다.

우리가 존경하는 성철 스님과 법정 스님은 많은 사람들에게 큰 가르침을 주고 세상을 떠나셨다. 또 홀로 고독한 수행자로 이름 없이 수행하고 득도하며 살다 가신 스님들도 많다. 가끔 암자에서 만나는 노스님 가운데는 평생 좁은 절에 머무르며 수행하신 분들도 있다. 그 성실함에 나는 고개가 절로 숙여지곤 한다. 그런데 수행자라고 해서 모두 깨달음을 얻고 존경받는 삶을 살다가는 것은 아니다. 저마다 마음그릇에 따라 수행력이 다르기 때문이다.

그 속에서 나는 나만의 수행자상을 만들어 가고 싶다. 나는 좀 다른 꿈을 꾸고 싶다. 복잡한 이 도시에서 사람들과 부대끼며 내가 공부하고 터득한 불교의 지혜를 나누고 싶다. 만약 거대한 불상이 신성하고 엄숙한 모습으로 삶의 커다란 방향을 가리키고 있다면, 나는 불상의 발

바다 근처에서 사람들과 함께 그 쪽으로 천천히 걸어가고 싶다.

　인생에는 바꾸고 싶지만 바꿀 수 없는 것들이 많다. 내 앞에 주어진 특정한 환경이 그렇고, 전혀 예상치 못했던 뜻밖의 일들이 그렇다. 그런 상황에서 나약해진 자신은 흔히 남들이 하는 말을 따라가게 마련이고, 지금껏 자신이 걸어왔던 낡은 길로 걸어가기도 한다. 하지만 그렇게 된다면 앞길은 뻔하다. 그토록 자신이 후회했던 일들을 또다시 반복하는 것뿐일 테니까.

　새로운 길을 만들어가는 건 오로지 자신밖에 없다는 걸 잊어선 안 된다. 나답게 산다는 건 얼마나 멋진 일인가. "중요한 것은 자신이 지금 바라던 사람이 되어가고 있다는 믿음이다." 데이비드 비스콧의 말처럼 우리는 스스로 바라는 사람이 되도록 노력해야 한다.

길모퉁이 옆
작은 붓다카페

희망을 가진 사람은
모든 것을 가지고 있다

"폐지를 가득 실은 리어카를 끌며 오르막에서 힘들어하는 할머니를 봤습니다. 몹시 추운 오늘도 나오셨을 거예요. 빨리 봄이 왔으면 좋겠어요. 할머니가 춥지 않게요. 비발디의 〈사계〉 중에서 '봄'을 들려주세요."

지난겨울 내가 진행하는 라디오 방송에 도착한 사연이다. 추운 날, 자기보다 타인을 향해 닿아 있는 마음이 참으로 고맙고 따뜻하다. 그래서였을까. 올해 봄은 유난히 빨리 왔다. 남쪽에서 꽃소식이 들려오는가 싶더니 서울 거리에도 봄꽃들이 하나둘 피기 시작했다. 그런데 만물이 소생하는 봄날, 한 통의 문자를 받고 기운이 쑥 빠졌다. 나에게는 좋은 계절이지만 누군가에게는 고통스러운 계절일 수도 있음을 다시 한 번 깨우치는 순간이었다.

"스님, 저는 왜 이럴까요. 장황하게 계획은 세우는데 실천은 안 하고, 그냥 멍하게 컴퓨터 앞에서 시간만 때우고 있어요. 그러다가 부모님 잔소리 들으면 짜증이 울컥 솟고 미치도록 화가 나요. 이제 더는 졸업을 미룰 수 없는데, 취직 안 될 게 뻔한데, 어떻게 해야 할지 모르겠어요. 이력서 쓰는 일도 이젠 지쳤어요. 앞으로 제가 뭘 할 수 있는지도 모르겠어요."

젊은이들이 호소하는 절망은 나이 든 사람보다 더 아프게 다가온다. 아직 가야 할 길이 한참 남았는데 출발부터 순조롭지 않으니 앞날이 얼마나 두렵겠는가. 단박에 그를 일으켜 세워줄 말들을 찾아보지만 그런 단방약이 있을 리 만무하다. 그래서 보낸 나의 답은 이랬다.

"지금 상황은 너에게만 일어나는 일은 아닌 것 같다. 네 또래의 청년들은 모두 비슷한 삶을 살아가고 있지 않니. 하지만 견뎌내는 방식은 사람마다 다른 것 같아. 네가 지금 이 상황을 어떻게 다뤄나가고 있는지 진지하게 살펴보렴. 멍하게 컴퓨터 앞에서 시간을 때우는 것도 가끔은 괜찮겠지. 하지만 매일 그런다면 곤란하지 않을까. 짜증이 솟고 미치도록 화가 난다는 것은 취직이 안 되어서가 아니라 취직을 못 하면 앞으로의 삶이 잘못될 거라고 생각하기 때문일 거야. 혹 '취직'만 되면 모든 것이 좋아질 거라고 생각한다면 생각을 바꿔보면 어떻겠니. 그 마음을 내려놓지 않는 한 너는 앞으로도 계속 괴롭고 두려울 거야. 물론 직장을 구하는 일이 지금 너에게 가장 중요한 일이겠지만 삶의 시기마다 중요하지 않은 때란 없단다. 그러니 너무 조급해하지 말고 담대하고 여유를 가지고 기다렸으면 좋겠구나. 인생에는 누구보다 자신을 기다려줘야 하는 시기가 있는 것 같다."

불교에서는 늘 자기 자신을 다스리라고 말한다. 모든 일들이 다 나

희망을 가진 사람은
모든 것을 가지고 있다

에게서 비롯되기 때문이다. 이것은 비단 불교에만 해당되는 얘기는 아니다. 이 세상 모든 이에게 그대로 적용할 수 있다. 나에 대한 믿음을 전제로 자신만 잘 다스린다면 뭐든 이겨낼 수 있다. 물론 현실을 통째로 바꿀 수야 없겠지만, 마음가짐이 바뀌면 분명 내가 보는 세상은 달라져 있을 것이다. 그렇게 살다보면 지난날 자신이 느꼈던 절망이 얼마나 강한 생에 대한 욕구였는지 스스로 알게 될 것이다. 열심히 살고 싶을수록 절망도 큰 법이다.

삶이 힘들고 두렵다는 이들에게 내가 요즘 권하는 영화가 있다. 〈파이 이야기〉다. 내용은 이렇다. 소년 파이는 인도 폰디체리에서 동물원을 하는 부모와 살고 있었다. 다종교 사회인 인도에서 파이는 힌두교 사원과 이슬람 회당, 천주교 성당의 예배에 참석하며 그야말로 모든 신들과 자유로운 관계로 지낸다. 그러던 중 부모가 캐나다로 이민을 떠나게 된다.

화물선에 동물들을 태우고 바다를 건너던 중 폭풍을 만나 배가 난파되면서 파이는 가족을 잃는다. 겨우 구명보트 위에 올라타지만 그 배에 얼룩말, 하이에나, 오랑우탄이 뛰어든다. 더 큰 문제는 구명보트 밑바닥에 뱅갈 호랑이 리처드 파크가 숨어 있다는 것. 동물들이 서로 먹고 먹히는 싸움을 벌이다가 모두 죽게 되고, 결국 파이와 리처드 파크만이 남는다. 태평양 한가운데 좁은 배 안에서 호랑이와 단 둘만 남은 절체절명의 위기, 파이는 두려움에 떤다. 그러나 어떻게든 살아가야 했다. 파이는 구명 배에 있었던 생존지침서를 보면서 살아남는 법을 하나씩 배워나간다. 그러면서 자신을 위협하는 호랑이를 적으로 생각하고 피하기보다 함께 공존해나가야만 한다는 것을 깨닫는다. 마침내 배가 멕시코 해안가에 도착하자 호랑이 파크는 천천히 내리더니 숲속으로 걸어간다. 숲으로 사라지는 호랑이의 뒷모습을 보면서 파이는 큰소리로 울기 시작한다.

이 영화는 99%의 절망과 1%의 희망이 담겨 있다. 만약 내가 이런 상황이라면 99%의 절망만을 보게 되지 않을까 싶다. 파이가 구조될 수 있었던 것은 1%의 희망을 포기하지 않았기 때문이고, 호랑이라는 두려움을 피하지 않고 함께 어울려 살았던 용기에 있다.

지금 당신은 어떤 호랑이와 함께 하고 있는가.

희망을 가진 사람은
모든 것을 가지고 있다

스님이나 할까?
그런 말은 하지 마라

지난 20년 동안 수행자로 살면서 내가 내린 결론은 세상 사람들이 나보다 더 큰 수행을 하며 산다는 것이다. 스님은 직업을 구해 돈을 벌지 않아도 된다. 결혼을 하지 않으니 신경 쓸 배우자와 자식도 없다. 그만큼 보통 사람들이 겪는 삶의 고통을 겪지 않아도 되는 것이다. 한번 생각해보라. 가장은 돈을 벌어 가족을 부양해야 하고, 어머니는 집안 살림에 아이들 교육에 정신이 없다. 요즘 여성들은 직장생활까지 해서 더 고생이다. 아이들은 어떠한가. 어려서부터 경쟁에 시달리며 제대로 놀지 못한다. 성적 스트레스에 지치고 친구들에게 왕따 당할까 무섭다. 나이가 들어도 불행은 계속된다. 노인이 되면 경제적 어려움과 고독에 시달리며 혼자 죽어가는 것에 대한 공포에 시달린다. 우리 삶의 현실은 이렇듯 힘들고 복잡하고 고통스럽다.

불교의 가르침 중에 아주 유명한 비유가 있다. 어떤 사람이 들판에 나갔다가 미친 코끼리에게 쫓기게 되었다. 도망칠 길이 없던 남자는 때마침 우물을 발견하고 넝쿨을 타고 내려갔다. 그런데 우물 바닥에 독사가 입을 쫙 벌리고 있는 게 아닌가. 다시 우물 밖으로 나가려고 했지만 어느새 쫓아온 코끼리가 내려다보고 있었다. 이러지도 저러지도 못하는 상황에 의지할 것이라곤 오로지 잡고 있는 넝쿨뿐이다. 이때 어디선가 나타난 쥐 한 마리가 넝쿨을 갉아먹기 시작했다. 그런데 절체절명의 순간, 우물가 나무에 달린 벌집에서 꿀 한 방울이 떨어졌다. 냉큼 받아 먹으니 달다. 또 한 방울 떨어지기에 받아 먹었다. 남자는 달콤함에 빠져든 나머지 자신이 처한 위험을 잊어버리고 꿀방울만 떨어지기를 기다린다. 그러다 갑자기 큰 불이 일어나 남자는 죽고 만다

　　바로 우리가 처한 세상의 모습이다. 사방에 위험이 도사리고, 온갖 유혹에 마음이 흔들리고, 질병에 시달린다. 요즘처럼 스스로 목숨을 끊는 이들이 많은 시대에는 덤덤히 잘 견뎌내는 사람들이 장하다는 생각마저 든다. 자살을 생각하는 사람들은 누구보다 현실을 냉엄하게 직시해서인지 모른다. 앞에는 코끼리가 뒤에는 독사들이 머리 위에는 쥐들이 넝쿨을 갉아먹는 현실을 정확하게 인식하고 포기하고 절망한 나머지 그런 선택을 하는 것이다. 자살한 사람들의 사연을 들어보면 일견 사소해보이기도 하지만 그것은 절대 함부로 말해져서는 안 된다. 요즘처럼 살기 좋은 시대에 죽음이 웬 말이냐고 폄하한다면 이는 큰 잘못이다. 그들 역시 최선의 방법으로 살다가 마지막으로 택한 길이기 때문이다. 유학시절 나를 지도했던 사사키 선생님은 이렇게 말했다.

　　"나는 물질이 풍요롭고 과학이 발달하면 할수록 출가자들의 고행이 더 크다고 생각합니다. 가난하면 수행하기는 더 쉽다고 봐요. 생활

스님이나 할까?
그런 말은 하지 마라

이 풍족할수록 더 수행하기 어렵기 때문에, 현대를 살아가는 수행자들이 옛날 스님들보다 훨씬 더 힘든 수행을 하는 거라고 생각합니다."

"맞아요. 선생님. 정말 그런 것 같아요. 저도 중노릇하기 엄청 힘들답니다."

웃으며 이야기를 되받았지만, 선생님 말씀처럼 현대의 스님들이 과거의 스님들보다 수행하기가 더 힘든 건 사실이다. 더 많은 것을 알아야 하고 더 많은 유혹을 물리쳐야 하고 더 많은 것을 지켜야 하기 때문이다. 그런 의미에서 본다면 세상 사람들도 갈수록 살아가기 힘들다. 가난하고 힘든 시절을 살아낸 분들은 경제적 풍요에 만족하라고 하지만, 행복의 기준은 점점 높아지고 있다. 열심히 달리지만 세상이 그보다 더 빨리 달려가는 격이다.

사람들은 나를 보거나 만나면 두 손을 모아 합장한다. 어려운 길을 걸어가는 데 대한 존경과 공손의 의미이다. 그때마다 나도 간절한 마음으로 합장한다. 나의 인사 또한 존경의 의미가 담겨 있다. 스님보다 더 벅찬 삶을 살아가며 더 큰 수행을 하는 당신의 어깨를 토닥토닥 두드려주고 싶다. 잘하고 있다고, 애썼다고 말이다. 그리고 하나 더, 간혹 힘들 때 무심코 "그만 머리 깎고 스님이나 할까?"와 같은 도피성(?) 말은 하지 마시라. 이미 당신은 더 큰 수행을 하고 있으므로 주어진 삶을 끝까지 성실하게 살아내시라.

삶의 수행자여, 나는 지금 무엇을 하고 있는지, 지금까지 무엇을 해왔고, 나의 삶은 무엇으로 이루어져 있는지, 가끔은 진지하게 물어보라. 이러한 물음들을 놓지 않고 살아갈 수만 있다면, 우리 삶은 분명 날마다 더 좋아질 테니.

아하! 왜 살면서 그 생각을
한 번도 안 했을까?

태어난 지 다섯 달 되었을 때 절에 와 어느덧 스무 살이 된 '꼬마'가 얼마 전 머리를 깎았다. 스님이 되기로 결정한 것이다. 어려서부터 인정스럽기가 어른 같았던 아이다. 타향살이를 하는 나를 볼 때마다, '행님아, 밥 잘 챙겨먹으라'고 걱정을 해주곤 했다. 오줌을 못 가려 혼이 많이 났지만, 울음이 짧아 귀여움을 독차지했다. 내 허리춤을 잡고 "행님~" 하고 부를 땐 무장해제, 웃음부터 터졌다.

　아이는 중학교 다닐 때도, 고등학교 다닐 때도 "넌 나중에 뭐할래?"라고 물으면 "저는 출가할래요"라고 짧게 대답했다. 물론 아무도 믿지 않았다. 갈 길이 멀기 때문이다. 머리를 깎기 전에는 백 번 말해도 소용없는 것이다. 그랬던 아이가 머리를 깎고 행자 생활을 시작했다. 고등학교를 졸업한 지난해 물었을 때, 자기 미래는 선택의 여지가 별로 없는 것 같다고 해서 내 마음을 아프게 하더니만.

　"형님, 1년 동안 화장도 하고 손톱에 매니큐어도 칠해보고 예쁜 옷도 입어보고 가고 싶은 데 가고 하고 싶은 거 다 해보니까 세상이 시시해요. 그래서 출가하려고요."

열아홉 살 아이가 겨우 1년 동안 세상살이의 모든 것을 어떻게 다 경험해보았을까. 하지만 아이는 나름대로 생각하고 고민하면서 길을 정한 것 같다. 두루뭉술 넘어가는 듯했지만 아이의 눈빛이 그걸 말해주고 있었다. 이 풍족한 세상에서 모든 것을 내려놓고, 아무것도 없는 텅 빈 자리에서 다시 시작하는 데는 아주 큰 용기가 필요한 법. 나는 아이의 등을 말없이 쓸어주며 생각했다. '대견하다, 대견하다……'

나 또한 출가할 때 많은 고민을 했다. 절집에서는 누구도 출가를 강요하지 않기에 오롯이 자신이 선택할 문제였다. 출가 전 대학을 다니며 교수 연구실에서 근무하던 어느 날 문득 이런 생각이 들었다. '직장에 다니고 결혼하고 엄마가 되는 평범한 삶은 누구나 걸어가는 길이다. 내가 굳이 그 길을 따라갈 필요가 있을까? 나는 좀 다른 삶을 살면 안 될까.' 철학자 세네카가 '삶의 방식'에 대해 이미 2천 년 전에 이런 말을 했다.

"우리는 다른 사람의 판단에 매여 있습니다. 그래서 많은 사람들이 원하고 칭찬하는 것은 우리에게 아주 좋아 보이지만, 진정 칭찬하고 원할 만한 것은 그렇게 보이지 않습니다. 우리는 어떤 길이 좋은지 나쁜지 생각하지 않습니다. 우리는 그저 그 길에 난 발자국이 얼마나 많은지에만 매달립니다. 그런데 돌아오는 사람의 발자국은 하나도 없습니다." (-『철학카페에서 시 읽기』 중에서)

발자국이 많이 난 곳으로 가야 정상이고 순조로운 길이라는 2천 년 전 생각도 오늘의 우리 현실과 크게 다르지 않음을 알 수 있다. 우리가 익숙한 길을 걷고자 하는 것은 어쩌면 인생은 한 번뿐이라는 생각 때문일지 모른다. 한 번뿐이므로 절대 실패하지 않도록 신중하게 선택해야만 한다. '단 한 번뿐'이라는 인생에 대한 엄숙주의가 우리의 선택을 가로막고 있는 것이다. 보다 익숙하고, 안전하고, 좋아 보이는 길로 가도록 이끈다. 그러나 인생은 원하는 대로 흘러가지 않는다. 익숙한 그 길에서도 여전히 실수하고 실패하고 좌절하고 절망한다. 그러니 무엇을 선택하느냐보다 어떤 자세로 살아가느냐가 더 중요하다.

　　우리는 길을 선택하는 데 조금 다른 눈으로, 조금 더 여유를 가져볼 필요가 있다. 지도는 여행자에게 정확한 목적지로 가는 길을 안내한다. 그러나 지도에 대해 생각해보자. 지도 역시 누군가가 만들어낸 것이다. 지도를 연구하는 설혜심 교수는 "지도가 객관적인 증거라고 믿지만, 고지도가 엄정한 사료로서의 가치를 갖는다고 믿기보다는 일종의 가공물이며 창조물로 인식할 필요가 있다"고 했다. 지도 역시 창조물 중의 하나라는 사실은 언제든 의심해볼 필요가 있다는 뜻이다. 그의 말을 듣고 보면 지도보다 더 정확한 건 우리의 두 다리에 있다는 사실이 더 믿을만하다.

　　서울에서 부산으로 가는 길은 수없이 많다. 한 번에 빠르게 통하는 고속도로가 있고 구불구불한 국도처럼 아기자기한 풍경을 보며 가는 길도 있다. 그리고 우리가 미처 알고 있지 않은 길도 있음을 기억하

자. 중요한 것은 길을 바라보는 우리의 '새로운' 눈이다. 당연하다고 믿는 길이 당연한 행복을 가져다주지 않는다는 것. 조금 다르게, 이 길로도 가볼 수 있지 않을까, 하는 생각이 인생을 풍요롭고, 즐겁게, 뜻밖의 기쁨을 만들어갈 수 있다.

가끔씩 들르는 찻집의 아가씨와 하루는 이런저런 이야기를 나누었다. 그녀는 혼자 살겠다는 결심을 세우고 있었다. 단순한 로망 혹은 혼자 사는 삶이 멋져서가 아니다. 깊은 말은 나누지 않았지만 공부하고 봉사하는 삶에 아내, 엄마의 역할은 부담스러워하는 듯했다. 나는 그녀의 생각을 존중했다. 나 역시 혼자 살아가는 삶이다. 어려움도 있지만 즐거움도 있다. 사실 모든 삶이 그렇지 않은가. 그녀에게 슬쩍 이런 말을 건넸다.

"혼자 살 거면 비구니의 삶은 어떤가요?"

그녀는 놀란 표정으로 대꾸했다.

"아하! 한 번도 생각하지 못했는데……."

그녀는 불쾌하기는커녕 오히려 왜 난 그 생각을 못 했을까, 하는 얼굴이었다. (그녀는 불교신자가 아니었다. 그럼에도 나의 농담을 유쾌하게 받아들이는 유연함이라니!) 내가 진짜 스님이 되기를 권유한 게 아님을 그녀도 알기 때문이었다. 나는 단지 그녀가 다른 길도 있음을 생각해보라는 뜻이었다.

"아하! 왜 난 그 생각을 한 번도 못했을까요?" 우리 삶의 재미는 바로 거기서 시작되리라.

용기란 단번에 펴지는
낙하산이다

한여름에 태어나서일까. 내 가슴속에는 늘 붉은 태양처럼 뜨거운 무언가가 숨어 있는 것 같았다. 열일곱에 절에 들어가 가장 힘든 일은 그것들을 가슴속에 꼭꼭 가둬두는 일이었다. 출가자로 살아가는 일상은 무채색이었다. 기도하고 좌선하고 염불하는 날들이 이어졌다. 고요하고 평온해 보이는 일상이었지만 어딘지 숨이 막혔다. 처음에는 출가자라면 누구나 한 번쯤 겪는 일이라고 생각했다. 그러나 바람은 잦아들지 않았다. 공기조차 벽처럼 느껴졌다. 그런 심경으로 머무는 사찰은 더이상 신비롭지 않았다. 고요하지도 편안하지도 않았다. 다시 떨쳐 떠나고픈 낡은 세상이 되어 버렸다.

그러다 일본 유학길에 올랐다. 은사 스님(삭발해주신 스님. 불교에 귀의한 스님들이 처음으로 의지한 스님)은 선방에서 몇 년 더 공부하라고 했다. 스승의 눈에는 어린 제자의 미숙함이 불안해 보였나 보다. 그러나 내 안에 들끓는 것이 무엇인지 알고 싶었다. 그러기 전까지는 온전한 수행자로 살지 못할 것 같았다. 스승의 반대와 주위의 걱정을 뒤로하고 나는 기어이 일본행 비행기에 올랐다.

비행기 안에서 나는 작은 날개로 바다를 건너는 새와 같았다. 그러나 두려움 속에 후련함도 있었다. 낯선 땅에서 겪게 될 싱싱한(?) 외로움에 조금 설렌 것도 같다. 현지 사람들 틈에서 서툰 언어로 대화하는 모습을 그려보기도 했다. 지금까지의 삶은 전생처럼 묻어두고 내 안에 들끓는 그것을 좇아가보자고 주먹을 쥐었다. 생각해보면 무모했다. 은사 스님이 어렵게 마련해준 3백만 원이 가진 것의 전부, 더구나 일본말은 한 마디도 할 줄 몰랐다. 게다가 '스님이니까' 하면서 바라보는 뭇 사람들의 시선에 체면 차릴 일은 좀 많겠는가.

그러나 용기란 낙하산과 같은 법이다. 일단 하늘에서 떨어지면 좍 펼쳐진다. 딛고 선 곳에서 발을 떼는 순간 낙하산이 바람을 타듯 저절로 힘이 생긴다. 손짓과 표정으로 대화하며 시작한 공부였지만 3년 만에 박사 학위를 받았다. 스님 신분에 특별한 수입이 없었기에 장학금이 절실했던 나는 악착같이 공부했다.

무엇이 나를 낯선 땅으로 이끌었을까. 그 답을 찾은 건 6년이라는 시간이 흘러 어느덧 공부를 마칠 즈음이었다. 바람 부는 늦가을 어느 날, 한 일본인 스님에게서 음악회 초청을 받았다. 순간 '스님이 무슨 음악회람?'이라고 생각했다. 불교 계율에는 수행자가 음악을 보거나 일부러 들으러 가서는 안 된다는 항목이 있다. 더구나 나는 계율을 전공한 스님이었다. 매사 더 조심스러울 수밖에 없었다. 그런데 티켓을 살펴보니 장소가 사찰이고 연주될 음악은 '탱고'였다. 사찰에서 탱고를?

남녀가 뒤엉켜(?) 추는 격정적인 무도 음악을 엄숙한 사찰에서 연주한다고? 순간 호기심이 동했다. '그래, 절에서 여는 음악회니까 한번 가볼까?' 몇 번의 망설임 끝에 나는 가기로 결정했다.

살면서 그날처럼 음악을 들으며 가슴 뛰었던 적은 없었다. 초가을 밤 허공을 울리는 바이올린과 콘트라베이스의 선율, 이와 어우러지는 반도네온의 강렬한 음색. 그리고 열정적인 눈빛으로 무대를 휘젓는 두 남녀의 뜨거운 몸짓! 춤과 음악 속에 녹아 있는 격정의 감정이 내 마음속으로 왈칵 쏟아지는 듯했다.

음악회가 끝나고 집으로 돌아가는 길이었다. 탱고의 식지 않은 열기 탓인지 찬바람이 시원하게 느껴졌다. 불현듯 이런 생각이 들었다. '혹 내 안에 숨어 있던 무엇이 저 탱고와 같은 것은 아니었을까. 인생을 살아볼 만한 것으로 만들려는 본능적인 열정을 탱고라고 한다면 우리는 인생이란 선율에 맞춰 뜨겁게 탱고를 춰야 하는 것은 아닐까.' 그날 이후 나는 탱고 공연을 보지 않았다. 한 번으로도 충분했다.

사람들은 '수행자'라는 직업이 인간이 할 수 있는 가장 고귀하고 성스러운 선택이라고 여긴다. 맞는 말이다. 출가자야말로 가장 열정적인 사람들이다. 열정이 없고서야 '출가'라는 눈부신 선택을 했을 리가 없다. 누구보다 강한 열정과 생에 대한 열망에 부응하여 구도의 길을 택한다. 하지만 출가한 뒤에도 어떻게 살아야 할 것인가에 대한 고뇌와 치열함은 계속된다. 내 가슴속의 뜨거움은 바로 공부에 대한 갈증이었다. 전통적인 수행에서 벗어난 '앎'에 대한 욕구. 그 열망을 찾아 나는 일본 유학길에 올랐던 것이다.

용기란 단번에 펴지는
낙하산이다

수행자가 내 인생을 위한 최고의 선택이며, 더 이상의 선택은 없을 거라 믿었던 적이 있었다. 그러나 최선의 선택은 시작에서 끝나지 않는다. 과정에서 만들어가는 것이었다. 끊임없는 욕망과 갈등, 망설임. 그것들은 나를 힘들게 하고 귀찮게 하는 장애물이 아니다. 삶을 더 좋아지게 하는 기회다. 일단 큰 흐름 속에 들면 대충 원하는 곳에 닿겠지 하고 마음을 놓지만, 인생은 작은 노를 끊임없이 저어 나가야 하는 여정이다.

혹 내 마음속의 외침에 귀 기울이지 않았다면 어떻게 되었을까. 사찰의 고요함 속에서 수행자로 정해진 길을 걸어갔을 것이다. 그러나 마음 한쪽에는 웅덩이에 고인 물처럼 후회가 남았으리라. 도전함으로써 나는 조금 다른 길을 걷게 된 것만은 분명하다. 공부하고 싶은 열망을 따르면서 두루 깊어지고 열린 시각으로 새로운 수행자 상을 만들어갈 수 있었던 셈이다. "길을 따라가지 말고 자신의 발자국을 따라가라. 그것이 길이 될 것이다"라는 폴 윌리엄스의 말처럼.

중국 주나라 때 유학자 순자는 '운명의 논리'를 이렇게 말했다. '운명이란 닭장 속에 떨어진 매의 알과도 같다. 스스로 닭처럼 평범하고 무료한 삶을 선택할 수도 있고 매처럼 힘찬 날갯짓을 하면서 일생을 살아갈 수도 있다.' 자신이 어떤 마음을 가지느냐에 따라 우리는 닭도 될 수 있고 매도 될 수 있다. 세상에 정해진 것은 아무것도 없다. 중요한 것은 내 안의 목소리에 귀 기울이며 살아가는 것이다.

마음의 부름을 외면하지 말자. 그것은 삶의 아름다운 쪽을 잃어버리는 것일지도 모른다. 수행자인 나도 당신도 욕망을 선택할 수 있는 용기가 있다면 세상은 덜 두려울 것이다. 내가 행복하기 위해 출가를 선택했다면, 당신도 행복하기 위해 지금의 당신을 선택했을 테니까. 우리 선택을 두려워하지 말자.

용기란 단번에 펴지는
낙하산이다

인디언의 옥수수 따기

아메리카 인디언은 아이들이 성년이 되면 '조건부 옥수수 따기'를 시킨다. 옥수수 밭에서 단 한 개의 옥수수를 따되 '한 번 지나간 길로는 다시 되돌아갈 수 없고, 이미 딴 옥수수는 다른 것으로 바꿀 수 없다'는 조건이다. 그러니 빨리 따려고 급하게 서두를 수도 없고, 크고 좋은 옥수수를 보고도 그냥 지나쳐야 할지 아니면 발견 즉시 바로 따야 할지 망설여야 한다는 얘기다. 아무 조건 없이 좋은 옥수수만 따오라고 시켰다면 말할 것도 없이 쉽겠지만, 한 번 지나간 길, 한 번 지나간 시간은 되돌릴 수 없다는 조건이 따는 사람을 당혹스럽게 만든다. 그리고 그 결과를 보면 더 실망스럽다. 더 좋은 옥수수를 따겠다는 욕심에 아무것도 따지 못하거나 막판에 작고 초라한 옥수수만을 겨우 손에 넣기 때문이다.

한 번 지나온 길은 다시 되돌아가서 딸 수 없다는 조건부 옥수수 따기는 우리 인생과 너무 닮았다. 더 좋은 것을 선택하기 위해 지나치게 신중함을 기하다가 정말 좋은 것을 놓칠 수도 있는 것이다. 옥수수가 지천이어도 단 하나의 옥수수를 따는 것이 쉽지 않은 것과 같은 이치다. 지나간 시간은 돌이킬 수 없고, 한 번 내린 선택은 물릴 수 없다.

선택을 했다면 반드시 그에 대한 책임을 져야만 한다.

　　그렇다면 알아두어야 할 점은 이것이다. 조금만 욕심을 내려놓으면 더 좋은 것을 얻을 수 있고, 더 많은 것을 누릴 수 있다는 사실 말이다.

　　망설임은 두려움을 낳습니다.
　　선택한 뒤에는 그 선택을 사랑하고
　　행동으로 옮기는 게 더 중요합니다.
　　무엇을 선택하느냐보다
　　어떻게 살 것인가가 더 중요하다는 말입니다.

인생의 비밀 01
인디언의 옥수수 따기

초심

출가를 결심하고 처음으로 머리를 깎던 날이다. 새벽예불을 마치고 나자 주지 스님이 고향의 부모님을 향해 절을 하라고 했다. 앞으로 두 번다시 부모님에게 절 올릴 일이 없으니 이것이 마지막 인사라고 했다. 그 말을 듣는 순간 눈물이 핑 돌았다. 하지만 애써 참았다. 평소 첫 삭발할 때 눈물을 흘리는 건 발심(發心, 스님이 되기로 처음 결심함)이 덜 된 거라고 생각했다. 무릎을 꿇고 고개를 숙이자 어깨까지 흘러내린 긴 머리카락이 싹둑 베어졌다. 잘린 머리카락은 흰 종이에 가지런히 놓였다. 옆에 앉아 계신 은사 스님을 흘깃 보니 눈가가 붉어져 있었다. '머리는 내가 깎는데 눈물은 당신이 흘리시다니……. 학교 다닐 때부터 속깨나 썩이던 내가 출가한다고 하니 만감이 교차하신 듯했다. 주지 스님이 긴머리를 짧게 자른 다음 은사 스님이 삭도기를 들고 머리를 마저 밀어주셨다.

"원영이, 안 우나?"

"예."

"울고 싶으면 울어도 된다. 참지 말고."

"눈물이 안 나는데요."

"그래 장하다."

몇 마디 말이 오갔다. 그런데 머리를 반쯤 깎았을 무렵 갑자기 은사 스님이 삭발을 멈추고 말했다.

"원영이 너 이제 갈 테면 가봐라. 가고 싶으면 가도 된다."

"네?"

황비홍처럼 머리를 깎아 놓고 갈 테면 가보라는 스님의 농담에 엄숙한 삭발식은 웃음바다가 되었다. 그러나 나는 알았다. 이제 다시 세속으로 돌아갈 수 없으므로 그 각오를 다지라는 은사 스님의 진심을 말이다. 이런저런 일로 마음이 흔들릴 때면 나는 가끔 그날을 떠올린다. 어떤 다짐들을 이어가는 데 힘이 되는 것은 그 간절하게 원했던 순간들을 되새기는 것이다.

과거로 돌아가서 새롭게 출발할 수는 없습니다.
그러나 누구라도 지금 시작할 수는 있습니다.
시작보다 중요한 것은
어디에서 어떤 모습으로 끝맺음하느냐입니다.

낙타 그늘

히말라야 고산족 사람들은 소나 양 같은 가축을 사고 팔 때 기준이 있다. 우선 가파른 산비탈에 가축을 묶어둔다. 그리고 파는 사람과 사는 사람이 함께 지켜보면서 가격을 정한다. 이때 가축이 산비탈 위로 올라가면서 풀을 뜯으면 아무리 비쩍 말랐어도 후한 값을 쳐주고, 반대로 산 아래쪽으로 내려가면서 풀을 뜯으면 몸집이 크고 털에 윤기가 졸졸 흘러도 값을 싸게 친다. 왜 그러는가 하면, 산 위로 올라가는 가축만이 산허리에 있는 넓은 초원에 다다를 수 있기 때문이다. 산 위로 가는 험한 길을 택한 가축만이 먹을 것을 발견하여 살을 찌우고 건강하게 살 가능성이 높은 것이다.

이야기 하나 더. 그늘 하나 없는 사막에서 낙타는 어떻게 살아남을 수 있었을까. 그것은 태양을 똑바로 바라보고 걸었기 때문이다. 낙타의 긴 목과 머리가 몸에 그늘을 드리워 체온조절이 가능했던 것이다. 만약 낙타가 뜨거움을 피하려고 태양을 외면했다면 온 몸에 고스란히 전해지는 열기에 쓰러져 죽고 말았을 것이다. 태양을 피하지 않는 것은 정면 승부를 하라는 말이다. 낙타의 정면승부가 낙타를 살린 것처럼 언제나 나를 똑바로 보고, 상황을 피하지 않고, 미루지 않고, 핑곗거리를 찾지 않고, 정면으로 맞설 때 인생은 더 좋은 쪽으로 나아간다.

　쉽고 편한 길만 찾아간다면 미래는 어둡다. 비록 지금 당장 어렵고 힘들어 보이더라도 좀 더 힘을 내어 걸어가겠다는 용기를 가져야 한다. 매일매일 몸부림치며 어려운 길로 가라는 말이 아니다. 어떤 어려움이든 맞서겠다는 각오를 가지라는 말이다. 당신은 아직 젊고 가야 할 길이 남아 있기 때문이다.

　　인생의 긴 길을 걷다 보면
　　순간순간 자기를 속이거나 게으름에 빠지기도 합니다.
　　그것이 부끄러운 것이 아니라
　　자꾸만 반복하고
　　그 길에서 벗어나지 못하는 것이
　　부끄러운 것입니다.

늙은 나, 젊은 마음

인도의 고승으로 존경과 숭배를 받는 협존자는 무려 81세에 출가한 인물이다. 그가 노구를 이끌고 사원에 들어섰을 때 수행자들은 그를 조롱했다. 수행하기에는 너무 나이가 많은 탓이다. 늙어서 의지할 곳 없으니까 수행을 빙자하여 젊은이 덕을 보러 왔느냐, 죽을 자리를 보러 왔느냐, 밥을 축내러 왔느냐 등. 어린 소년까지 그를 업신여기며 말했다.

"노인의 어리석음이여, 노쇠한 몸으로는 아무것도 할 수 없으니 지금 무엇을 하고자 함은 쓸모없는 지혜일 뿐이다."

그러나 협존자는 굴하지 않았다.

"내가 만일 욕심을 끊지 못하고 진리의 이치를 통하지 못하고 해탈하지 못하면 절대 자리에 눕지 않겠다."

협존자는 부지런히 수행하여 2년 만인 83세에 깨달음을 얻었다. 나이가 든 만큼 마음이 조급해진 스님은 젊은 사람보다 더 집중해서 수행을 끝낼 수 있었던 것이다. 갈빗뼈(협脇)를 바닥에 대지 않을 정도로, 즉 잠도 자지 않고 열심히 공부했다는 뜻에서 '협존자'라는 이름이 붙었다.

나이를 먹을수록 기쁨은 줄지만 관심은 늘어난다고 한다. 경험이 많아지면서 감정동요가 조금씩 둔해지고, 젊어서는 보이지 않았던 것들이 눈에 들어오고 주위에 대한 이해심이 늘어나는 것이다. 나이 들수록 더 좋은 일을 하고 더 많이 배우려 노력해야 하는 이유이다. '세상을 떠나기 전에 하고 싶은 일, 생각한 것, 무엇이든 겪어보겠다'는 그 마음으로 살자. 어차피 잃는 것은 없지 않은가.

마음은 나이를 먹지 않습니다.
늙지도 죽지도 않습니다.
마음이란 '나' 자신이기 때문입니다.
어떻게 마음을 가꾸느냐에 따라
늙은 '나'가 있고
젊은 '나'가 있을 뿐입니다.

인생의 비밀 04
늙은 나, 젊은 마음

솔직할 수 있는 용기

호진 스님은 붓다의 뒤를 따라 인도 보드가야에서 사르나트, 영취산에서 꾸시나라까지 1,600리 길을 보름여 동안 걸어갔다. 40도가 넘는 더위와 발톱 7개가 탈이 나서 제대로 걷기 힘든 순례길은 숨이 막힐 지경이다. 수십 년 간 수행하고 공부해온 스님이 왜 새삼 붓다가 걸어간 길을 직접 걸어가려 한 것일까. 호진 스님이 찾으려 한 것은 수천 년 역사를 지나면서 덧씌워진 신화와 기적을 벗겨내고 '인간적인 부처' 그대로를 만나기 위해서였다.

"나는 목욕을 끝낸 뒤 강변에 앉아 잔잔히 흘러가는 강물을 내려다보면서 옛일을 생각했습니다. 2,552년 전 5월 보름날 오전, 붓다는 이 강을 건너면서 무엇을 생각했을까요. '이 강을 건너는 것도 이것이 마지막이다'…… 그런 생각을 했을까요. 붓다의 젊은 날의 당당하던 모습과 죽음을 앞둔 노쇠하고 병든 모습이 떠올라 쓸쓸하고 슬픈 마음이 되었습니다."

호진 스님이 걸어간 고행의 순례에서 나는 우리 자신의 모습에 대해 생각해보았다. 지금 나는 온전한 나인가? 우리에겐 자신을 냉정하게 바라볼 시간이 필요하다. 인정하고 싶지 않은 모습, 못난 모습, 남이 몰랐으면 하는 모습, 과장된 모습, 조작된 모습……, 그런 것들로 인해 점점 '나'를 잃어가고 있는지도 모른다. 있는 그대로 솔직하게 바라보는 순간 우리에게 감춰진 놀라운 힘이 발휘된다. 그 무엇에도 두렵지 않은 마음, 무엇에도 걸리지 않는 자유로운 마음, 바로 그것.

스스로 만들어낸 생각들에 갇힐 때가 있습니다.
지금 내가 믿고 있는 것이 진실인지 살펴보는 용기를 가지세요.
진실과 함께 있다면
언제나 자유롭고,
언제나 당당하고,
무엇이든 맞설 수 있습니다.

인생의 비밀 05
솔직할 수 있는 용기

대원의 서두근은 중 물결처럼, 100×100, Acrylic on Canvas, 2010

어려운 길로 가라는 말이 아닙니다.

어떤 어려움이든 맞서겠다는 각오를 가지라는 말입니다.

당신은 아직 젊고 가야 할 길이 남아 있기 때문이지요.

◇◇◇◇◇◇

완벽주의를 추구하느라 출연작이 많지 않은
어느 배우에게 선배 배우가 해 준 충고입니다.
"너는 9전 9KO승이 좋으냐
아니면 100전 53승 3무 44패의 전적을 가진 선수가 될래?"
완벽주의 배우가 대답했습니다.
"후자가 되고 싶습니다."

◇◇◇◇◇◇

단군신화에서 호랑이와 곰은 인간이 되기 위하여
100일 동안 쑥과 마늘을 먹지요?
보통 어떤 일을 이루려면 100일을 단위로 생각합니다.
100일은 기도가 성취될 수 있는 시간이고,
나쁜 습관을 바로잡을 시간이며,
새 일을 몸에 충분히 익힐 수 있는 시간입니다.

어떤 일을 계획한다면
100일을 기준으로 세워보세요.
작심삼일 운운하지 말고
좀 더 크게 생각해 보는 거지요.
100일만 견뎌보자!

◇◇◇◇◇◇◇

나는 사람들에게 자주 출가를 권유합니다.
승려의 길을 뜻하는 출가가 아니라 그야말로 출가(出家),
집을 나가보라는 것입니다.
집은 안락함일 수도 있고
지금 나를 힘들게 하는 '무엇'일 수도 있습니다.
갇혀 있는 생각에서 벗어나라는 것입니다.
경계에 서서 안과 밖, 모두를 바로 보라는 것입니다.
안에 있으면 전체를 볼 수 없습니다.

갇힌 '나'에서 나가는 것,
길에서 벗어나는 것.
그래서 진실과 마주하는 것이
바로 출가입니다.

인생의 어느 시기에서나
우리는 출가할 수 있어야 합니다.

여행에서 두고 온 풍경, 50×50, Acrylic on Canvas, 2012

◇◇◇◇◇◇◇

기온이 내려갈수록 이부자리 떨치기가 쉽지 않은 건
애나 어른이나 같은가 봅니다. 은사 스님께서 하신 말씀이 떠오릅니다.
"원영아, 이불이 왜 이불인 줄 아니?"
"……"
"부처님을 멀리하게 된다고 이불이야. 여읠 리, 부처 불~,
이불을 가까이 하면 할수록 부처님과는 멀어지게 된단다."
게으름을 조심하라는 말씀이지요.

◇◇◇◇◇◇◇

언제부터인가 차에 올라 운전대만 잡으면
내비게이션이 시키는 대로 길을 따라가는 버릇이 생겼습니다.
오늘 아침에는 차가 막혀서 내비게이션이 가리키는 길 말고
다른 방향으로 향했습니다. 그랬더니 평소보다 빨리 도착했습니다.
당연하게 여겼던 방법이 늘 정답은 아니구나, 생각했습니다.
매일 똑같은 일상이라면
오늘은 조금 다른 모습을 그려 보면 어떨까요?

◇◇◇◇◇◇◇

처음 방송을 진행하면서 얼마나 어색하고 부끄러웠는지 모릅니다.
어느 부분에서 숨을 쉬어야 할지,
말이 꼬이기라도 하면 얼굴이 화끈 달아올랐습니다.
괜히 시작했다는 후회도 많이 했습니다.
나의 무엇을 보고 이 일을 맡겼는지,
내가 가진 것이 다 드러나는 건 아닌지, 부끄럽기도 했습니다.
그런데 어느 순간,
나는 '부끄러움'만 생각하고 있다는 걸 알았습니다.
부끄러움에만 신경을 쓰느라
맡은 일을 잘하려는 노력은 잊고 있었던 거지요.
그 뒤로는 나름대로 진행 연습도 하고
전문 아나운서의 코치도 받았습니다.
진행 실력은 조금씩 나아졌지요.

사실 부끄러움은 중요하지 않습니다.
부끄러움보다 더 중요한 것이 무엇인지 생각해보세요.
부끄러움보다 일이 먼저라는 사실을 기억하세요.

◇◇◇◇◇◇◇

오래된 사찰은 아름드리나무 숲에 둘러싸여 있습니다.
사찰의 역사보다 더 오래된 나무이지요.
수백 살 수령의 나무숲을 걸으면 차분해지고 겸손해집니다.
숲에서 부는 바람도 예사롭게 느껴지지 않습니다.
새로 짓는 사찰에서 어린 묘목을 심는 분에게 물었습니다.
"이 어린 나무가 언제 다 자라나요?"
"10년, 20년이면 충분합니다."
"네? 20년이나요?"
나무를 기르는 분에게 10년이란 시간은 참 가벼운가 봅니다.
나무에게는 나무의 시간이 있습니다.
멀리 내다보면서 비, 바람, 햇빛을 맞으며
스스로 정성을 들여야 하는 것이지요.
우리도 각자 자기만의 시간이 있습니다.

중국 속담에 이런 말이 있습니다.
'나무를 심기에 가장 좋은 때는 20년 전이다.
그 다음으로 좋은 때는 바로 지금이다.'
우리에게 주어진 가장 확실한 시간은
오늘, 지금입니다.

◇◇◇◇◇◇◇

『노인과 바다』의 주인공인 어부 산티아고 노인이 말했습니다.
"인생이란 84일 동안 단 한 마리의 물고기도
잡을 수 없는 불운이 계속될 수도 있는 것입니다."

◇◇◇◇◇◇◇

인사동에서 오래된 시계를 수집하는 분에게 들은 이야기입니다.
스위스에서 명품 시계를 만들 수밖에 없는 이유는 바로 '눈' 때문이랍니다.
폭설이 내리면 길이 끊기고 마을은 고립무원이 되지요.
텔레비전도 인터넷도 없던 시대, 장인들은 오로지 시계를 만들며
지루한 겨울밤을 보냅니다. 봄이 되어, 눈이 녹으면 마을마다
자기가 만든 시계를 자랑하는데, 서로 잘 만들었다고 칭찬하다가
아예 두 시계의 장점을 합하기도 한다는 것입니다.

인생은 때로 악조건이 기회가 되기도 합니다.
인생에 눈이 내리는 시기, 침잠하는 시기.
고독한 시기를 만날 때면
스위스 시계 장인을 떠올려보세요.

◇◇◇◇◇◇◇

서점에서 어느 엄마와 중학생쯤 되어 보이는 아이가
나누는 대화를 우연히 들었습니다.
"해리 포터를 쓴 조앤 롤링이라는 작가는
출판사에 책을 내기까지 10년이 걸렸단다."
끈기에 대한 교훈을 엄마는 심어주고 싶었던 걸까요?
그런데 아이가 뾰로통해지며 답했습니다.
"그래서 뭐 어쩌라고요!"
내 얼굴이 다 화끈했습니다.

세상에는 좋은 말이 너무나 많습니다.
하지만 내가 듣고 따르지 않으면
그저 문자나 소리에 지나지 않겠지요.
충고도 마찬가지입니다.
아무리 좋은 말이라도 듣는 사람
입장에서는 썩 유쾌하지 않지요.
오죽하면 인간의 유일한 충고자는
시간이란 말이 있을까요.
하지만 충고를 어떻게 받아들이냐에 따라
내 삶이 달라질 수 있습니다.

혹시 나는 누군가의 말에
늘 냉소적으로 대하고 있지 않나요?
다른 사람의 충고로 내 삶을 조금씩 완성시키는
지혜로운 당신이기를 바랍니다.

2

기다림은
시간을
두려워하지
않는다

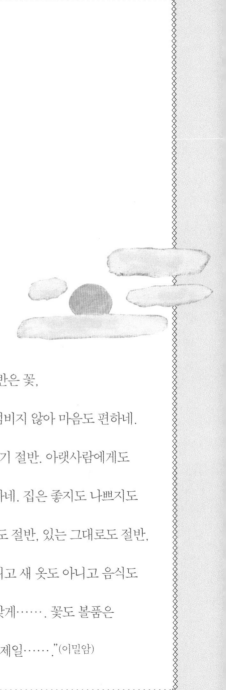

"인생의 절반은 꽃,

서두르고 덤비지 않아 마음도 편하네.

일 절반, 놀기 절반. 아랫사람에게도

알맞게 대하네. 집은 좋지도 나쁘지도

않고, 장식도 절반, 있는 그대로도 절반,

헌옷도 아니고 새 옷도 아니고 음식도

적당히 알맞게……. 꽃도 볼품은

반쯤 핀 게 제일……."(이밀암)

홀수 날에는 사랑을
짝수 날에는 우정을

홀연히 떠남은 출가자의 오랜 습성 중 하나다. 목적지를 정하지 않고 길부터 나서기도 한다. 애정이 싹트려 하면 짐을 싸고, 집착이 생기려 하면 떠난다. 그 쓸쓸한 행적이 멋있어 보이기도 하지만, 보내는 이의 입장에선 이기적으로 보일 수밖에 없다. 그러나 진실한 만남은 떠난 뒤에도 상처가 되지 않는다. 오랜 여운으로 남아 두고두고 힘이 된다. 좋은 사람과 함께 했던 기억은 삶에서 계속되는 또 하나의 만남이다. 다시 보고 또 보는 영화처럼.

　　나의 토굴(절집에선 주로 절이 아닌 개인 수행공간을 '토굴'이라 부른다. 말뜻 그대로 동굴처럼 깜깜한 토굴로 오해하지 말기를)에는 그림 하나가 걸려 있다. 대숲 아래 작은 집이 있는 그림이다. 이름 없는 화가의 그림이지만 소박한 멋이 좋아 자주 눈길이 머문다. 사람들은 스님 집에 걸린 그림이니 당연히 유명한 화가가 그린 줄 알고 이것저것 묻는다. 그때마다 나의 답은 같다.

"나에겐 루브르 박물관에 걸린 레오나르도 다빈치의 〈모나리자〉보다 이 그림이 더 편안하고 좋답니다. 화가가 누구인가보다 나를 즐겁게 해준다는 사실이 더 중요하니까요."

그림은 얼핏 보면 추사 김정희의 '세한도(歲寒圖)'를 연상케 한다. 세한도는 추사가 제주도에서 유배생활을 하던 중에 제자 이상적이 중국에서 어렵게 책을 구해 보내오자, 자신을 대하는 한결같은 제자의 마음에 고마워하며 보낸 그림이다. 허름한 집 한 채와 나무 네 그루가 휑하니 서 있는 풍경이다. 보기만 해도 추위가 느껴진다. 늙고 병든 추사의 귀양살이가 어떠했을지 상상이 가고도 남는다. 그런 쓸쓸함 가운데 받은 제자의 선물에 추사의 마음은 울컥했으리라. 추사는 붓을 들어 그림을 그리고 이렇게 적었다.

"세상인심은 오직 권세와 이익만을 좇는데, 책을 구하는 일에 마음을 쓰고, 힘들여 구하고서도 그대의 뜻을 살펴줄 만한 사람에게 주지 않고, 바다 멀리 초췌하게 시들어 있는 이에게 보내주었군 그려. …… 공자께서는 한겨울 추위가 몰아친 뒤에야 소나무 잣나무가 더디 시듦을 알 수 있다고 하셨네. 잣나무는 본래 사계절 없이 잎이 지지 않는 것이지. 추운 계절이 오기 전에도 같은 소나무 잣나무였고, 추위가 닥친 후에도 여전히 같은 소나무 잣나무라네. 이제 자네가 나를 대하는 처신을 돌이켜보면, 그 전이라고 더 잘한 것도 없지만, 그 후라고 전만큼 못한 일도 없었네. 그러나 예전의 자네에 대해서는 따로 일컬을 것이 없지만, 후에 자네가 보여준 태도는 성인께서도 일컬을 만한 것이지."

그리고 마지막으로 인장을 찍었다. '장무상망(長毋相忘)', 오래도록 서로 잊지 말자는 뜻이다. 세한도를 만난 후 나는 한동안 장무상망을 되뇌었다. 각박한 세상살이를 핑계로 정말 소중한 가치들을 잊고 사는 것은 아닌지, 현실 충족에만 급급하여 언제나 '다음!'을 외치며 따뜻한 인간애를 외면하고 사는 것은 아닌지 돌아본 것이다.

장무상망, 그 마음을 누구와 나누었는지 생각해보면 아득하다. 학창시절 친구들과 주고받은 편지에 적혀 있었던가. 미래지향적인 삶이 잘 사는 것인 양 배워온 우리는 늘 앞날을 걱정하며 살아간다. 내가 가진 것들을 잊고 관계보다 일, 정(情)보다 이익을 먼저 따져야 했다. 그래야 더 많이 가지고 더 빨리 성공하고 행복할 수 있다고 여겼다. 가끔은 무언가 허전하고 쓸쓸함을 느끼기도 한다. 빨리 달리다가 그만 자기 그림자(영혼)를 놓치고 온 것처럼.

새해가 밝았다. 새 학기, 새 출발, 새 인연……. 사방이 온통 새로움으로 가득하다. 새로움은 언제나 싱그럽고 활기차다. 그러나 새로운 인연이 언제나 좋은 것은 아니다. 오히려 오랜 인연을 새 인연을 맺을 때처럼 소중하게 대하려는 노력이 우리를 더 행복하게 해줄 것이다.

소설가 유재현이 쿠바 여행에서 꽃 파는 청년을 만났다고 한다. 청년은 꽃을 사라는 외침 대신 간판에 이런 글귀를 적어 두었다. "현명한 당신, 알아두세요. 홀수 날에는 사랑을, 짝수 날에는 우정을." 시기를 놓치지 말고 꽃으로 마음을 전하라는 청년의 위트가 멋지다. 하루하루를 변하지 않는 우정과 사랑의 마음으로 기억할 수 있다면 참으로 아름다운 날들이 이어지지 않겠는가.

홀수 날에는 사랑을
짝수 날에는 우정을

그러나 사랑은 지금 당장 시작해도 늦지 않다. 내 곁의 인연을 돌아보라. 멀리 있는 모나리자 그림보다 내 집 안의 소박한 그림이 나에게는 더 훌륭하고 아름다운 명작이다. 소박한 그림을 바라보듯 차곡차곡 맺은 인연의 끈은 세파에 휩쓸리지 않는다. 멀리 있어도 서로에게 든든한 존재가 된다. 조바심 내지 않아도 이심전심 생각하는 마음은 언제나 그 자리에 있기 마련이다. 마치 저 추운 시절의 소나무 잣나무처럼.

여름, 인생,
행복의 맛

"스님, 정말 시원하게 입으셨네요."

올 여름 삼베로 만든 승복을 처음 입고 나오자 사람들이 인사를 건넨다. 아무래도 여름에는 스님의 옷도 한결 가벼워진다. 가벼운 옷차림에 사람들은 친근감을 드러낸다. 스님을 보는 눈빛이 부드럽다. 가끔 어떤 이들은 용기(?) 내어 이렇게 묻는다.

"스님은 머리카락이 없으니까 시원하죠?"

"네? 하하, 있는 것보다야 훨씬 낫겠죠."

하지만 아니올시다. 스님의 머리도 여름엔 덥다. 어떤 면에선 긴 머리보다 더 덥다. 사실 민머리 헤어스타일은 불편한 점이 많다. 추운 겨울에는 몸의 열기가 빠져나가 시리고 여름에는 햇빛을 받아 뜨겁기 때문에 절기마다 털모자와 챙 모자를 번갈아 써야 한다. 나무 없는 민둥산을 상상해보라. 또 모든 걸 잘 자라게 하는 여름에는 머리카락도 예외가 아니다. 겨울보다 더 빨리 자라는데, 조금만 길어도 뭔가 덮어

쓴 듯 답답하다. 그래서 여름엔 일주일에 두 번은 깨끗하게 밀어줘야 한다. 얼마 전 모임에서 "머리카락이 너무 길어서 덥고 답답해요"라고 말했다가 웃음을 산 일이 있다. 평생 삭발할 일이 없는 보통 사람은 알 수 없는 느낌이니 저 스님 무슨 투정인가, 할지도 모르겠다.

스님들의 여름나기는 이렇듯 머리를 자주 깎는 데서 시작한다. 그러다가 점점 녹음이 짙어지면 지난해 손질해서 넣어두었던 삼베옷을 꺼내 입고, 8월이 되면 드디어 모시옷이 등장한다. 모시옷을 입으면 나도 모르게 사뿐사뿐 걷게 되고 몸가짐이 조심스러워진다. 피부에 닿아 꿉꿉한 느낌이 들 때마다 내가 승복을 입고 있구나, 싶으면서 마음가짐을 바르게 정돈한다. 딱 한 벌밖에 없는 모시옷이라 뭐라도 묻을까 조심조심 입는데, 오죽하면 모시고 산다고 모시옷이라 했을까. 조심조심 입던 모시옷은 찬바람이 불면 빨아서 풀 기운을 뺀 뒤 다시 서랍 속에 고이 넣어두게 된다.

자, 시원하게 머리도 깎고 모시옷도 입었으니 이젠 뭘 좀 먹어야겠다. 우선 물 한 잔 시원하게 마신다. 산사에서는 물 한 잔만으로도 더위를 잊을 수 있다. 시원하게 들이킨 물은 마음도 깨끗하게 해준다. 냉 녹차도 좋다. 『부생육기(浮生六記)』에 나오는 '운'이란 여인처럼 찻물에 밥을 말아 먹어도 좋으리라. 운은 저녁에 연꽃이 오므려들기 전에 차를 얇은 비단에 싸서 연꽃에 넣어두었다가 이튿날 꽃잎이 벌어지면 꺼내서 차를 달여 마셨다. 또 옛사람들은 이른 아침 연잎에 맺힌 이슬을 털어서 모은 물로 차를 끓여 마셨다고 한다. 그런 멋스러운 글을 떠올리면서 차를 마시면 절로 연꽃향이 코끝을 스치는 듯하다.

여기에 더해 빼놓을 수 없는 음식이 바로 '국수와 수박'이다. 스님들은 유난히 국수를 좋아한다. 밀가루 음식은 산중 생활에서 자주 먹을 수 없다. 어떤 이들이 말하기를, 밀가루 속에 들어 있는 특정 영양소가 채식만 하는 스님들의 입맛을 당기기 때문이라고 한다. 나도 스님인지라 국수가 좋다. 국수가 없었다면 어떻게 출가생활을 견뎌냈을까! 한차례 소나기가 휙 지나가고 난 뒤에 푸릇한 애호박을 설컹설컹 썰어 넣고 조선간장으로 간을 한 뜨거운 국물에 미리 삶아놓은 국수를 말아 먹는 맛이라니! 외롭고 고단하고 경직된 마음이 국숫발처럼 부들부들 풀어진다.

그렇다면 수박이 사찰의 복달임이란 것도 아시려나? 스님들은 삼계탕 대신 수박으로 몸을 보하는 것이다. 수박을 무척 좋아하던 한 스님이 생각난다. 선원에서 수행정진 중이던 때, "오늘은 복날이니 방선(쉬는 시간)하면 수박 드세요"라는 공지를 받았다. 스님은 제일 먼저 다각실로 뛰어가 자리를 잡고 앉아 기다렸다. 탐스럽게 잘라져 있는 수박을 보며 침을 꼴깍꼴깍 삼키고 있는데, 다들 어찌나 굼뜬지 영 스님들이 모이지 않았다. 드디어 한 어른스님이 오시더니 "많이 기다렸나보네. 어서 드세요"하며 먹을 것을 권했다.

말이 떨어지기가 무섭게 "잘 먹겠습니다"를 외치며 눈앞의 수박을 들어 한 입 크게 베어 문 순간! "앗~" 하고 짧은 비명을 내지르며 수박을 뱉었다. 벌이었다. 수박에 붙은 땅벌을 수박씨인 줄로 알고 덥석 물었던 것이다. 순식간에 스님의 입술 주위가 퉁퉁 부풀어 오르고 얼굴은 그야말로 수박처럼 새빨개졌다. 스님은 수박은커녕 된장을 입술에 잔

여름, 인생,
행복의 맛

뜩 바르고 다시 오후 정진에 들어갔다. 그날 솔솔 풍기는 된장 군내 때문에 스님들은 삼매에 들 수 없었다. 그런데 저녁 방선 후 그 스님이 보이지 않았다. 걱정이 되어 찾아보았더니 다각실에 홀로 앉아 퉁퉁 부은 입술로 남은 수박을 먹고 있었다. 내가 "스님, 그렇게도 수박이 좋아요?"라고 하자 스님은 수박을 입에 가득 물고 웃기만 했다.

그 뒤 스님은 이 일을 식탐을 경계하라는 뜻으로 알고 음식을 먹을 때마다 조심하는 버릇이 생겼다고 한다. 여름날 파란 수박을 보면 퉁퉁 부은 입술로 수박을 먹던 스님의 천진한 미소가 떠오른다.

어쨌든 수박까지 먹고 나면 에어컨이 없어도 다시 공부할 힘, 기도할 힘, 일할 힘이 생긴다. 오늘도 민머리에 땀방울이 이슬처럼 맺히고 옷이 젖는다. 이렇게 또 여름은 갈 것이다. "아! 여름이 우리에게 빌려준 시간은 너무나도 짧구나!" 셰익스피어가 한 말이다. 어디 여름뿐이겠는가. 우리 삶도 여름처럼 순식간에 지나가리라. 하지만 이런 소소한 기쁨들로 고단함을 잊으며 조금 더 힘을 내보리라!

운동하듯
행복의 능력을 키우다

붓글씨 교실에서 한 선생님이 쓴 글씨를 보다가 운(芸)이라는 낙관을 보았다. 왠지 『부생육기(浮生六記)』에 나오는 그 운이 아닐까 싶었다. 호기심에 선생님에게 물었다.

"운이가 누구에요?"

선생님이 웃으면서 아내라고 했다.

"그럼 『부생육기』에 나오는 그 '운'이인가요?"

선생님은 맞다고 했다.

"하, 멋지네요."

평소 선생님 부부가 금슬이 좋다고 알고 있었지만, 아내의 호가 운이라고 하니 충분히 납득이 갔다. '운'은, 『생활의 발견』으로 유명한 임어당(林語堂)이 중국문학에서 가장 사랑스러운 여성이라고 찬탄한 바있다. 남성이라면 누구나 일생동안 이런 여인을 만나 사랑해봤으면 할터이고, 여성이라면 자신의 삶을 돌아보며 향기로운 삶을 꿈꾸게 하는 인물이다. 나 또한 『부생육기』를 읽으면서 출가자라는 신분을 망각한 채 여성으로서 운의 매력에 흠뻑 빠졌다.

『부생육기』는 청나라 사람 심복이 아내 운이를 잃고, 지난 시절을 회고하며 쓴 사부곡이다. 말단 관리직으로 일하던 심복은 타락한 관리들의 모습이 싫어서 그만둔다. 이어 이런저런 일에 손을 대지만 모두 실패한다. 가난한 가운데서도 심복이 행복할 수 있었던 것은 아내 덕분이었다. 운은 살뜰하고 반듯한 살림솜씨 뿐만 아니라 생활에 멋을 더하는 지혜로운 여인이었다. 나뭇잎에 붙은 벌레를 그대로 가져와 꽃꽂이를 하기도 하고, 고급 차 대신 밤새 연꽃봉오리에 차 봉지를 묻어두었다가 이른 아침 향기로운 차를 끓여 내왔다. 비싼 도자기는 살 수 없지만 남편과 매일 같이 시장에 나가 멋진 도자기를 만져보는 것도 낙이었다. 운이는 일상의 작은 지혜와 자연스러운 멋으로 가난 때문에 마음이 곤궁해지지 않도록 했다. 운이가 병으로 세상을 떠난 뒤 심복은 모든 것을 잃은 심정으로 토로한다.

"운이가 세상을 떠난 뒤로는 근심만 가득할 뿐 즐거움이라고는 없었다. 봄날 아침이건 가을날 저녁이건, 또는 산을 오를 때나 물가를 거닐 때도 눈에 비치는 것은 마음을 상하게 하는 슬픔이 아니면 한스러움 뿐이었다."

한 사람을 사랑하고 그와 함께 하는 일상에 솜씨를 발휘하여 행복을 가꾼 운이. 풀잎에 잠깐 머물고 가는 이슬처럼 허무한 삶이더라도, 누가 알아주지 않는다 해도, 사랑하는 이와 함께 온전하게 누리고 간다면, 존재하는 그 자체로 아름답다 할 수 있지 않을까. 운이의 삶이 아름다운 이유이다.

　요즘 세상에 운이와 같은 아내의 역할은 너무 힘들 거라는 생각이
든다. 아내와 엄마, 자식의 역할과 자아실현까지 해야 하는 요즘 여성들
은 그야말로 아침부터 밤까지 종종거리고 달리고 있다. 그들에게 운이
처럼 살라고 하면 힐난을 들을지도 모른다. 그러나 힘들고 어렵고 괴로
운 인생인 만큼 우리에게는 더욱 '운이의 행복'이 필요한지 모르겠다. 일
상 속에서 작은 기쁨, 소소한 멋을 만들어가는 노력들 말이다. 나는 행복
할 능력은 누구나 있다고 생각한다. 마치 연주가나 운동선수들이 꾸준
히 훈련하면 실력이 늘어나듯이. 지금 당장 미소를 지어보라. 그럼 마음
이 밝아질 것이다. 기쁨을 만들어가려는 작은 노력이 행복을 불러온다.

　특별히 여성들에게 강조하고 싶은 이유는 바로 '어머니'가 될 수
있기 때문이다. 한 아이가 느끼는 행복의 크기는 엄마가 만들어준다.
엄마의 웃음, 엄마의 솜씨, 엄마의 손길……. 생각만 해도 가슴 한쪽이
따뜻해오지 않는가. 내 어릴 적 기억 속에는 엄마가 깎아준 연필이 있
다. 엄마는 날마다 자기 전에 내 필통을 열어보았다. 뭉툭해지거나 검
게 더러워진 연필은 도루코 면도날로 깎아 필통에 가지런히 넣어 주었
다. 이튿날 학교에 가서 필통을 열어 하얗고 뾰족해진 연필을 보면 왠
지 마음이 깨끗해지는 것 같았다.

　작은 기쁨들을 만들어가려는 노력을 잊지 말자. 부부이건 부모자
식이건 서로 사랑하는 마음은 변함이 없더라도 늘 즐거울 수는 없다.
사랑은 명사가 아니라 동사라는 말도 있다. 서로가 기쁨을 주고 즐거움
을 만드는 과정이 바로 사랑이다.

운동하듯
행복의 능력을 키우다

하나를 채우기 위해
하나를 버리다

지인에게서 이사 준비로 분주하다는 소식이 왔다. 웬 살림이 이리도 많은지 며칠째 정리 중이라 지친다는 푸념과 함께였다. 그 마음 이해하고도 남았다. 누가 뭐래도 '이사' 하면 바람처럼 떠도는 스님이 전문가이다. 스님들은 공부(안거安居, 승려들이 한 장소에 모여 수행하는 제도)할 장소를 찾아 철이 바뀔 때마다 거처를 옮긴다. 나 또한 행자 생활을 시작한 곳은 부산과 통영이지만, 기도 수행은 대구에서, 경전 공부는 청도에서 했다. 또 참선은 양산에서, 율학 연구는 일본과 중국에서 마쳤다. 그리고 서울에 머문 지 6년, 그 사이 4번이나 자리를 옮겼다.

잦은 이사에도 불구하고 이삿짐 싸는 일은 여전히 머리 아픈 일이다. 특히 나날이 늘어가는 책들이 골칫거리이다. 큰 맘 먹고 버릴 책을 분류해보지만 한 권 집을 때마다 '버리면 안 돼~!'라는 속삭임이 들려온다. 다른 물건도 마찬가지, 과감하게 버리기가 쉽지 않다. 막상 이삿짐을 싸서 차에 싣기 시작하면 어디서 이렇게 많은 짐이 숨어 있는지 놀랍다. 게다가 길밖에 부려 놓은 짐들은 초라하게 보이기도 한다. 마치 '나'란 존재가 아무것도 아닌 것 같은 느낌이다.

과연 인간이 평생 살아가는 데 얼마나 많은 물건들을 소유하다 가는 것일까. 그리고 마지막으로 어떤 물건들을 남겨 놓고 죽는 것일까. 그런 생각이 들면 정신이 바짝 든다. '무소유'를 강조하신 법정 스님은 말했다.

"우리들은 필요에 의해서 물건을 갖게 되지만, 때로는 그 물건 때문에 적잖이 마음이 쓰이게 된다. 그러니까 무엇인가를 가진다는 것은 다른 한편 무엇인가에 얽매인다는 뜻이다. 필요에 따라 가졌던 것이 도리어 우리를 부자유하게 얽어맨다고 할 때 주객이 전도되어 우리는 가짐을 당하게 된다. 그러므로 많이 갖고 있다는 것은 흔히 자랑거리로 되어 있지만, 그만큼 많이 얽혀 있다는 측면도 동시에 지니고 있다."

선물 받은 난 화분을 아끼던 스님이 과한 집착으로 이어질까 경계하며 남기신 말이다. '사람이나 사물이나 소유하려 들지 말고 인연이 닿으면 가까이 두었다가 때가 되면 스쳐 지나가는 것'이라고 하셨다. 스님은 돌아가시기 얼마 전, 당신의 물건을 주위에 모두 나눠주셨다. 물건 주인이 살아있을 때 나눠줘야 가치가 있다, 죽은 자의 물건을 누가 갖고 싶겠느냐고도 하셨다. 그리고 스님은 '비구 법정'이라는 그 이름을 남겼다. 맑고 깨끗하게 살다가 향기까지 남긴 스님의 삶을 생각하면 숙연해진다.

불교에서는 '버리라'는 말을 많이 한다. 욕심도 버리고 성냄도 버리고 집착도 버리라고 한다. 물질로는 채울 수 없는 것이 우리 인생이기에 그렇다. 끝없는 욕망을 무언가로 채우려는 것 자체가 어리석은 짓이라는 가르침이다. 그러니 진정한 '채움'을 이루려면 우선 욕심부터 비워야 한다. 우리는 물건뿐만 아니라 감정적인 짐을 쌓아두고 힘들어한다. 과거에 대해 집착하고 미래를 걱정하고 구하지 못한 것에 안달한다. 디오게네스는 소유란 인생의 짐이라고 여겨 물 컵만 가지고 다녔다. 어느 날 한 소년이 시냇물을 손으로 떠 마시는 것을 보고 그 컵마저 버리고 큰 깨달음을 얻었다고 한다.

언젠가 '청소 장인'이 하는 말을 들었다. 그가 전하는 청소의 기본은 '버리기'다. 아깝다고 생각하기 전에 '필요한가? 필요하지 않은가?'를 따져보라고 한다. 언젠가 필요할지도 모른다는 생각마저 버리라고 한다. '살 빼면 입어야지' 하고 버리지 못한 옷은 앞으로도 입을 날이 없을 거라고 했다. 집착하지 말고 지금 이 순간을 살라는 뜻이다. 수행자가 할 법한 말을 쉬운 예로 잘 설명하고 있구나 싶었다. 주부로서 청소 경력이 30년이라고 하니, 어떤 일이든 오랫동안 성심을 다하면 '도(道)'를 통한다는 것을 새삼 되새겼다.

가을이다. 거리의 나무들이 잎을 떨어뜨리며 겨울 채비를 한다. 나무는 버려야만 겨울을 날 수 있다. 몸을 가볍게 해 최소한의 에너지로 추위를 견딘다. 그리고 가끔은 곱게 물든 단풍을 보거나 낙엽을 보면서 이런 생각이 든다. 저 나무들은 때가 되어 떨어지는데도 참 곱구나~. 우리도 때가 되어 자연스럽게 나이를 먹어가는 것이 저렇듯 고울 수 있을까? 하지만 우리의 삶은 가진 것이 너무 많아 해야 할 일도 많고 생각도 번잡하다.

　그러나 출가자인 나도 쉽지 않은 이 일을 모두에게 강요하긴 어렵다. 다만 그런 비움의 노력이 우리 삶을 더 풍요롭게 하고 자유롭게 해줄 것이라는 믿음만은 전하고 싶다.

하나를 채우기 위해
하나를 버리다

그러면
좀 어때

어쩌다 보니 여러 권의 책을 썼다. 책이 한 권씩 나올 때마다 지난 시간을 돌아보는 버릇이 생겼다. 이런 부끄러운 책을 만들겠다고 나무를 베어 내다니! 낯이 뜨겁기도 하고, 공부의 결실을 모아놓은 책은 뿌듯함을 느끼기도 했다. 우리 삶도 중간중간 한 권의 책으로 정리하여 책꽂이에 꽂아두고 가끔씩 펴볼 수 있다면 좋겠다. 어떻게 살아야 할지 막막해질 때마다 펴볼 수 있도록 말이다.

2000년 여름, 양산 내원사 선원에서 석 달 동안 정진했다. 하루 9시간씩 좌선으로 보낸 첫 수행의 경험은 지금도 잊을 수 없다. 좌선 중에 동 트는 하늘의 미세한 변화를 바라볼 때는 하늘과 내가 맞닿아 있는 듯 황홀했다. 포행(걷기 수행) 중에 안개가 자욱한 숲길에서 들려오는 새들의 지저귐과 코에 스치는 나무 향기는 나의 몸 세포 하나하나를 깨웠다. 서늘하고 맑은 공기는 숨 쉴 때마다 내 몸과 머릿속을 깨끗하게 정화시켜 주었다. '나'라는 존재의 생명력이 이런 것이구나, 깨어나는 순간이었다.

6년째 머물고 있는 서울에서 나는 가끔 내원사의 하늘과 숲을 떠올린다. 교통체증으로 차 안에 갇혀 오도 가도 못할 때, 미세먼지에 목이 아플 때, 시끄러운 소음에 심란해질 때 잠시 내원사 숲길을 걷는 상상을 한다. 그러고는 이 복잡한 도시에서 수행자로 어떻게 살아가야 할 것인가, 스스로에게 묻는다. 삶과 수행은 동떨어진 것이 아니므로, 수행자로서 사람들에게 선(善)이 되는 삶을 살아가자는 것이 나의 다짐이다.

방송 진행자로서 염불보다는 음악을 많이 듣고, 좌선보다는 글을 쓰고 가르치는 게 지금의 내 일상이다. 사람들과 소통하기 위해서 현실 문제에 관심을 가져야 하지만 이런저런 일로 어울리다 보면 자칫 수행자로서 태도가 흐트러질까 염려될 때가 있다. 공부를 게을리하지 않으면서도 사람들에게 기쁨과 위로를 주는 성직자로 '균형'을 잃지 않는 것이야말로 지금 내가 가장 신경을 쓰는 부분이다.

인생에서도 '균형을 잃지 않는 것'은 매우 중요하다. 일과 휴식, 소비와 지출, 지혜와 지식, 드러냄과 감춤, 아름다움과 절제⋯⋯. 많은 것들이 적당한 균형을 이뤄야만 정신과 몸이 안정되어 행복감을 느끼게 되는 것이다. 특히 일과 휴식을 적절하게 조화를 이루기란 쉽지 않다. 치열한 경쟁 속에 저마다 먼저 앞으로 나아가야 하므로 언제나 일이 먼저다. 내일을 위해 오늘을 희생하며 그렇게 앞만 보고 가는 것이다. 그러나 우리가 그토록 바라는 내일은 오지 않는다. 우리는 늘 오늘만 살수 있기 때문이다. 임어당의 『생활의 발견』에 이밀암의 「중용가(中庸

그러면
좀어때

歌)」가 나오는데, 거기 이런 구절이 있다.

"인생의 절반은 꽃, 서두르고 덤비지 않아 마음도 편하네…… 일 절반, 놀기 절반, 아랫사람에게도 알맞게 대하네. 집은 좋지도 나쁘지도 않고, 장식도 절반, 있는 그대로도 절반, 헌 옷도 아니고 새 옷도 아니고 음식도 적당히 알맞게……. 꽃도 불품은 반쯤 핀 게 제일, 재물이 지나치면 근심이 생기고, 가난하면 물욕이 생기는 것은 세상의 이치."

아, 이런 게 아닐까. 어느 한쪽으로 치우치지 않는 삶. 내일 인생이 끝나는 것도 아닌데, 무조건 앞만 보고 달릴 일이 아니다. 보라, 꽃이 피지 않았는가. 그렇게 바쁘게 살지 않아도 세상은 별일 없이 돌아갈 테니 조금 여유롭게 사는 것은 어떠한가.

물론 인생을 진지하게 대하며 살아가는 사람은 매우 훌륭하다. 하지만 늘 그렇게 심각하고 진지하게 사는 것만이 꼭 좋은 것은 아니다. 더러는 조금씩 털어내며 살아가는 것이 인생을 더 유쾌하게 사는 방법이다. 자신의 힘으로 해결할 수 없는 일이라면 너무 깊이 걱정하지 마라. 걱정한다고 안 될 일이 되는 것도 아니다. 걱정에만 빠져 있으면 다른 것에 마음을 쓸 여유가 없어진다. 그러면 또 다른 걱정이 생길 수도 있다. 프랑스 소설가 알랭 드 보통의 『키스하기 전에 우리가 하는 말들』에 이런 멋진 말이 있다.

"난 깨달았어. 모든 것은 결국 어느 정도는 '그러면 좀 어때'라는 것을. 오늘 할 일을 다 못했어. 그럼 어때. 차가 잘 안 나가. 그럼 어때. 돈이

별로 없어. 그럼 어때. 부모님은 날 별로 사랑하지 않은 것 같아. 그럼 어때. 무슨 말인지 알겠지? 해방되는 기분이야. 세상을 바라보는 새로운 내 방식이 될 거야."

그래, 좀 어떤가. 가끔은 이렇게 느슨하게 세상을 바라보자.

그러면
좀어때

왜 우리는 삶을
다 살고 나서야 깨달을까

눈 덮인 산속에 동백이 선혈처럼 피었을 때, 바다가 보이는 한 사찰을 찾았다. 객승에게 내어준 따듯한 차 한 잔을 입에 머금고, 맛을 음미할 즈음 주지 스님이 출타에서 돌아왔다. 스님은 낯선 나에게 두런두런 이야기를 들려주었다. 분위기가 무르익자 이번엔 음악 공양이다. 손에 든 찻잔의 온기를 느끼며 바이올린 선율을 듣는 내내 창밖의 바다 위로 하염없이 눈이 내렸다. 눈과 귀와 입이 잊지 못할 호사를 누렸던 기억이다.

『행복한 클라시쿠스』에 어떤 스님의 이야기가 나온다. 실제 만난 적은 없지만 일전에 만행 중에 들었던 스님의 이야기인 것 같아 반갑게 읽었다. 책의 저자인 정만섭 선생이 자주 가던 음반가게에 그 스님도 단골손님이었던가 보다. 남루한 승복차림에 걸망을 진 스님은 언제나 '글렌 굴드'의 음반만을 사가곤 했다. 그래서 별명이 '스굴드'였다. 굴드 밖에 모른다던 스님은 굴드의 모든 것을 꿰뚫고 있었다. 이 일로 정 선생과 자연스레 친해진 스님은 그를 암자에 초대했다. 정 선생은 깜짝 놀랐다. 좋은 오디오 시스템에 굴드의 거의 모든 음반이 구비되어 있었던 것이다.

그런데 어느 날부터 스님이 보이지 않았다. 암에 걸렸다는 소식이 들려왔다. 5년 뒤 정 선생은 음반가게에서 굴드의 음반을 보고 있는 스님을 다시 만나게 되었다. 그런데 그날 스님은 음반을 사지 않았다. 그리고 찾아간 스님의 거처, 정 선생은 또 한 번 놀랐다. 텅 빈 방안에 작은 라디오 한 대만 덩그러니 놓여 있었던 것이다. 정 선생이 놀란 표정을 짓자 스님이 호탕하게 웃으며 말했다.

"음악 듣는 데 저거 하나면 충분하더이다."

그 모습이 마치 모든 것을 내려놓고 마음의 평온을 찾은 부처님을 보는 기분이었다고 작가는 쓰고 있다. 글렌 굴드를 통해 득도했다고 해도 과언이 아닌 스님은 이제 세상에 없다. 스님은 아마 극락에서도 굴드의 피아노 연주를 듣고 있지 않을까.

눈 내리는 날, 굴드의 음악을 몇 번 들어보았다. 역시 난 잘 모르겠다. 무엇이 그토록 수행자의 일생을 사로잡게 했는지 모르겠다. '수행자가 이렇게 무언가에 사로잡혀도 되는 것일까?'라는 의문만 들었을 뿐이다. 하지만 스굴드 스님의 열정만큼은 기억하고 싶다. 어느 한 분야를 뿌리까지 파헤칠 수 있는 '노력파'가 되는 것은 쉬운 일이 아니다. 게다가 스님 신분에 음악에 빠져 있는 모습은 '집착'이라고 손가락질 받을 게 분명한데, 스님은 숨기지 않았다. 끝까지 가보고서야 모든 것을 내려놓을 줄 알았으니 스님은 음악을 통한 자신만의 수행을 했을 터이다. 구도자의 일심(一心)과 열정이 공존한 삶이었다고 나는 믿고 싶다.

왜 우리는 삶을
다 살고 나서야 깨달을까

우리는 드러내지 않고 사는 데 익숙하다. 하고 싶은 일이나 바람을 차곡차곡 마음속에 쌓아놓기만 하면서, 안전하게 제대로 잘 살고 있다고 만족한다. 하지만 가끔은 마음에 허탈감이 밀려올 때가 있다. 그동안 뭐했나 싶은 기분이 드는 것이다. 풀지 못한 욕망이 쌓일수록 공허함은 들쑥날쑥 마음속을 헤집어놓는다. 욕망을 억누르기보다 욕망을 구분할 줄 아는 지혜가 우리에겐 필요하다. 아름다운 욕망과 그렇지 못한 욕망을. 그것은 내가 가진 욕망이 삶에 어떤 영향을 끼치는가를 헤아려 보면 좀 더 쉽게 판단할 수가 있다.

나는 가끔 얼마나 좋은 세상인가, 하는 생각이 들 때가 있다. 마음만 먹으면 할 수 있는 일이 너무나 많기 때문이다. 세상에는 돈과 시간이 없어서 못하는 일보다 마음을 내지 못하기 때문에 못하는 일들이 더 많다. 또 작은 욕망이 삶을 풀어가는 중요한 열쇠가 될 수도 있기 때문이다. 그리하여 먼 훗날 우리가 삶을 다했을 때 그만큼 후회도 덜하지 않을까 싶다. 지인으로부터 「내가 이제야 깨닫는 것은」이란 글을 받았다. 서강대학교에서 재직하다 파킨슨병에 걸려 고국 필리핀으로 돌아간 페페 신부가 지금은 고인이 된 장영희 교수에게 보내준 글이라고 한다. 한 줄씩 읽고 나면 마음이 평온해지면서 내가 지금 무엇을 해야 할 것인가를 떠올리게 한다. 이런 글이 바로 경전이 아닐까 싶다.

내가 이제 깨달은 것은
사랑을 포기하지 않으면 기적은 정말 일어난다는 것
누군가를 사랑하는 마음은 숨길 수 없다는 것

이 세상에서 제일 훌륭한 교실은 노인의 발치라는 것

'하룻밤 사이의 성공'은 보통 15년이 걸린다는 것,

어렸을 때 여름날 밤 아버지와 함께

동네를 걷던 추억은 일생의 버팀돌이 된다는 것,

삶은 두루마리 화장지 같아서 끝으로 갈수록 더욱 빨리 사라진다는 것.

돈으로 인간의 품격을 살 수 없다는 것

삶이 위대하고 아름다운 이유는

매일매일 일어나는 작은 일들 때문이라는 것

하나님도 여러 날 걸린 일을 우리는 하루 만에 하려 든다는 것

마음의 상처를 치유하는 것은 시간이 아니라 사랑이라는 것

부모님이 돌아가시기 전에 단 한 번이라도

사랑한다는 말을 하지 못하는 것은 영원히 한이 된다는 것

우리 모두는 다 산꼭대기에서 살고 싶어 하지만

행복은 그 산을 올라갈 때라는 것

그런데 왜 우리는 이 모든 진리를

삶을 다 살고 나서야 깨닫게 되는 것일까.

살아온 길을 뒤돌아보면 너무나 쉽고 간단한데

진정한 삶은 늘 해답이 뻔한데

왜 우리는 그렇게 복잡하고 힘들게 살아가는 것일까.

왜 우리는 삶을
다 살고 나서야 깨달을까

귀로 들으면 의심스럽지만
마음으로 들으면 진실하다

〈PK, 별에서 온 얼간이〉라는 인도영화를 보았다. 집으로 돌아갈 우주선 리모컨을 잃어버린 외계인 'PK'의 이야기다. PK는 리모컨을 찾기 위해 수많은 사람들을 만나는데, 그들에게서 "신에게 기도하면 들어주실 것이다"라는 말을 듣게 되면서 '신'을 찾아 나선다. PK는 지구인들이 너무 많은 신들을 만들어내고 또 그들에게 지나치게 의지하는 것을 목격한다. 잘못된 믿음을 강조하는 종교의 민낯을 그대로 보여주는 이 영화는, 믿음의 문제를 다시 한 번 고민하게 했다. 종교만이 아니다. 우리가 살면서 갖게 되는 수많은 '믿음'은 과연 합당한지 돌아보게 된다. 특히 인간관계에서 일어나는 불화와 갈등은 어쩌면 서로에 대한 잘못된 믿음이 원인인 경우가 대부분이다.

믿었던 사람에게서 받은 상처라고 하면 생각나는 일이 있다. 내가 초등학생일 때였다. 중학생인 오빠가 책 속에 끼워놓은 돈을 내가 가져

갔다며 닦달했다. 나는 본 적도 없는 돈이기에 모른다고 했지만 오빠는 믿지 않았다. 저녁에 퇴근한 아버지가 이를 알고 나에게 캐물었다. 전직 경찰관인 아버지는 마치 범인을 취조하듯이 인과관계를 따져가며 다그쳤다. 오빠의 주장은 내가 책을 꺼내드는 것을 봤다는 것. 어린 나는 오빠 책을 보긴 했지만 돈은 없었다고 울면서 말했다. 결국 아버지는 '증거불충분'이라고 더 이상 말하지 말라고 했다. 대신 용돈 관리를 못한 오빠에게는 당분간 용돈을 주지 않는 것으로, 나에게는 오빠 물건을 만지지 않는 것으로 일단락되었다. 그리고 며칠 뒤 오빠가 슬그머니 과자 한 봉지를 내밀었다. 잃어버린 돈을 다른 책에서 발견했다고 했다. 이 사실을 아버지에게 말했다가는 불호령이 떨어질 테니 나를 달래려 한 것이다.

인권변호사 김형태 변호사의 『지상에서 가장 짧은 영원한 만남』은 우리 사회에서 억울한 누명을 쓰고 피해를 입은 사람들의 이야기를 담고 있다. 무고한 사람이 간첩이 되고 범죄자가 되는 과정에는 권력의 힘, 혹은 조사자의 부주의함, 결과로만 판단하려는 관행 등이 있었다. 한편으로 인간의 의심이 얼마나 사람을 무기력하고 처절하게 무너뜨리는지 보여준다. 특히 "세상 만물이 저마다 개체로 존재하는 한, 그래서 그 개체가 서로 다르고 개체가 자기를 유지하고 재생산하려 하는 한, 피할 수 없는 게 개체 사이의 충돌이다"라는 말은 인간이란 존재가 얼마나 이기적인 존재인지 돌아보게 한다.

우리는 자신이 믿고 싶은 것만 믿는다. 자신이 본 것만 판단의 기

귀로 들으면 의심스럽지만
마음으로 들으면 진실하다

준으로 삼고, 자신이 듣고 싶은 말만 듣는다. 어떤 때는 상대방의 말을 듣는 게 아니라 자신의 생각을 확인하는 증거로 삼는다. 이렇듯 대부분의 사람들은 궁극적으로 보려 하지 않고 자기 입장을 먼저 따진다. 내 생각이 틀릴 수도 있다는 것을 인정하지 않는다면 오해와 왜곡이 만들어내는 관계의 골은 점점 깊어질 것이다.

역설적이게도 그래서 우리에게는 사람에 대한 믿음이 더욱 필요하다. 진정한 믿음이란 나의 믿음이 과연 옳은 것인지 의심해보는 것에서 시작된다. 상대방에 대한 나의 생각들을 접어두고, 그의 마음을 들여다보려는 노력이 그것이다. 그런 노력들로 우리는 타인과 진정으로 통할 수 있다.

하퍼 리의 『앵무새 죽이기』에는 주인공인 스카웃이 학교에서 선생님에게 벌을 받는 장면이 나온다. 그러자 스카웃의 아버지가 사람들과 잘 지낼 수 있는 방법을 가르쳐준다면서 이렇게 말한다.

"누군가를 정말로 이해하려고 한다면 그 사람의 입장에서 생각을 해야 하는 거야. 말하자면 그 사람 몸속으로 들어가 그 사람이 되어서 걸어 다니는 거야."

그리고 소설의 끝에서 아버지는 다시 한 번 말한다.

"스카웃, 우리가 궁극적으로 잘만 보면 대부분의 사람들은 다 멋지단다."

내일을 준비하는
저녁 삭발

나에게 시간의 흐름을 가장 잘 알려주는 건 머리카락이다. 0.1cm도 안되는 머리카락이 어찌나 빨리 자라는지 모른다. 보통 사람들은 머리가 자라는 속도를 전혀 실감하지 못하겠지만 나는 사나흘이면 머리가 길어서 답답함을 느낀다. 만물이 쑥쑥 자라는 여름에는 가히 LTE급으로 머리카락이 자란다! 1mm만 자라도 어찌나 길어 보이는지!

소설가 서머싯 몸은 '면도의 방법에도 철학이 있다'라고 말했지만, 삭발에도 그에 못지않은 사유의 시간이 담겨 있다.

내가 첫 삭발을 한 때는 11월이었다. 겨울에 머리를 깎고 출가한 사람은 따뜻한 봄에 출가한 이들보다 수행생활을 더 잘한다는 덕담을 들었다. 처음 깎은 머리에 와 닿는 추위는 얼마나 매서운지 뒷덜미가 떨어져나갈 것만 같았다. 춥다고 바로 털모자를 쓰면 평생 털모자를 쓰고 살아야 한다는 어른 스님 말씀에, 깎아 놓은 배처럼 하얀 머리가 찬바람에 찌릿찌릿 아파도 꾹 참았다. 덜덜덜 이빨을 부딪치며 얼음처럼 차가운 바닥에 앉아 새벽 기도를 올렸다. 그렇게 혹독한 겨울을 보내고 따뜻한 봄을 맞으니 '이제 살 것 같다'는 생각이 들었다. 혹독한 추위를 이겨낸 만큼 앞으로의 수행 생활은 할 만할 것이라고 막연히 짐작했다.

세월이 흐르고 얇고 부드럽던 머리는 야무지고 단단해졌다. 대부분의 스님은 아침 일찍 삭발을 하지만, 나는 저녁에 주로 삭발한다. 하루를 마무리하고 마음을 가다듬는 시간을 갖기 위해 저녁 삭발을 선택했다. 정기적으로 머리가 길었을 때도 깎지만 특별한 행사가 있는 날에도 깎는다. 각오를 다지기 위해서다.

스스로 머리를 깎는 것에는 단호한 무언가가 들어있다. (물론 자발적인 삭발에 한해서다. 군대나 학교 같은 통제와 관리를 위한 삭발도 있다!) 출가자가 아니더라도 우리 사회에서 삭발은 변화와 각오, 굳은 의지를 상징한다. 예술가들이 자신의 정신세계를 표현하기 위해서, 또 큰 시험을 앞둔 준비생들이 머리를 짧게 깎는다. 연인과 헤어진 이들은 슬픔을 잊기 위해 머리를 자른다. 미용사들은 손님이 "짧게 잘라주세요!"라고 할 때 무슨 일이 있구나, 감으로 안다고 한다. 또 자신의 신념이나 각오를 다지기 위해 삭발을 감행한다. 이처럼 뭔가 마음에 각오한 바가 있거나 삶에 변화를 주고 싶을 때, 새로운 결심을 하고 의도한 바를 분명하게 전달할 때 사람들은 머리를 깎는다.

불교 수행자들이 삭발하는 까닭도 이와 크게 다르지 않다. 고통과 욕심에서 벗어나는 길을 찾기 위해 낡은 세상을 거부하며 제일 먼저 머리카락부터 자른다. 한 번이 아니라 평생 삭발한 모습으로 살아야 하는 스님들은 머리를 깎을 때마다 각오를 다지는 셈이다. 요즘엔

패션, 자기표현의 방법으로 삭발을 한다. 이른바 스킨헤드(Skin Head)족이다. 가끔 거리에서 스킨헤드족과 마주치면 조금 계면쩍기도 하다. 머리만 보면 누가 스님인지 구분되지 않기 때문이다. 그러나 어쨌든 자신의 소신과 다짐을 뚜렷이 밝히고 살아가는 모습이므로 나는 멋지다고 생각한다.

"스님들은 머리를 누가 깎아주나요?"

누군가 웃으면서 물은 적이 있다. '중이 제 머리 못 깎는다'는 속담 때문이다. 이 말에는 약간의 오해가 있다. 모든 스님은 혼자서도 머리를 잘 깎는다. 다만 첫 삭발 때는 은사 스님이 깎아주는데, 이는 공부할 때는 반드시 스승이 있어야 한다는 뜻이 담겨 있다. 이제 나는 너무나 익숙해서 눈감고도 깎을 정도이다. 그러나 머리를 깎고 나서 서늘한 느낌이 들 때마다 스님으로서 잘 살겠다는 각오만큼은 잊지 않는다.

하루가 끝날 때마다 당신은 어떤 모습으로 각오를 다지는가? 꼭 새해가 되어서야만 각오를 다질 필요는 없다. 꼭 아침에만 삭발하라는 법이 없듯이. 오늘의 마음 자세가 내일의 모습을 결정짓는다. 그렇다면 우리는 날마다 새로운 삶을 살아갈 기회를 얻는 것이 된다. 날마다 주어지는 기회를 당신은 어떻게 쓰고 있는가.

내일을 준비하는
저녁 삭발

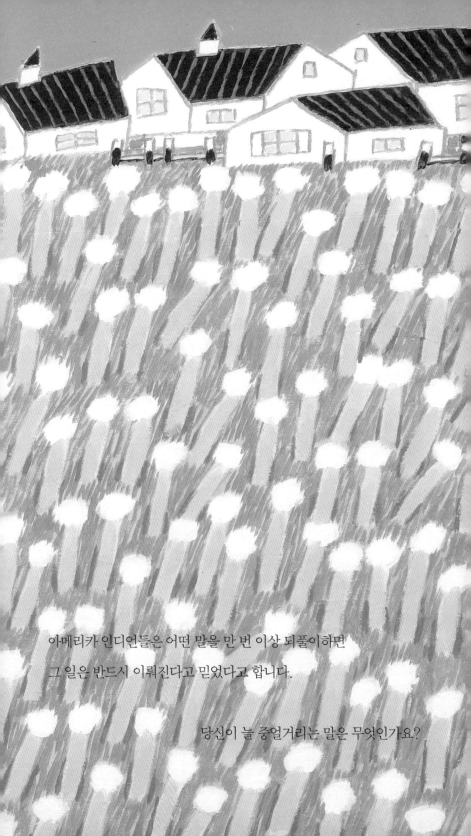

아메리카 인디언들은 어떤 말을 만 번 이상 되풀이하면

그 일은 반드시 이뤄진다고 믿었다고 합니다.

당신이 늘 중얼거리는 말은 무엇인가요?

깨달음 뒤의 깨달음

산사에서 맞는 새벽, 특히 새벽예불은 아름다움의 극치이다. 풀벌레들을 깨우기 위한 작은 목탁 소리에서 시작하여, 운판으로 새들을 깨우고, 법고로 물고기를 깨우고, 북으로 육지의 동물을 깨우고, 그리고 지옥 중생을 깨우는 범종까지, 마음속 깊은 곳에 와 닿는 소리를 듣고 있노라면, 스님 되기를 참 잘했다 싶다. 그래서 종교와 관계없이 나는 누구든 인생에서 꼭 한 번은 산사의 새벽예불을 경험해볼 것을 권유한다. 장엄하면서도 아기자기한 새벽예불은 틀림없이 마음속에 무언가가 남겨줄 것이다.

도시에 사는 지금도 나는 동틀 때 일어나길 좋아한다. 신선한 공기와 고요함에 마음이 설레고, 길어진 하루의 시간을 넉넉하게 쓸 수 있고, 나 자신을 부드럽게 다듬을 수 있기 때문이다. 사람들은 나에게 묻곤 한다. 깨달음이 무엇이냐고, 스님들은 모두 깨달았느냐고. 나는 대답한다. 아직 나는 깨닫지 못해서 그것이 무엇인지 모르겠다고. 다만 '나'라는 사람이 누구인지 안다면 깨달음에 한 걸음 다가선 것이라고.

주위에 평생 절에 다니는 분들이 있다. 그분들을 보면서 깨달음은 세월이 흐르면서 조금씩 알게 되는 것인지도 모른다는 생각이 들 때가 있다. 사람들로 발 디딜 틈 없이 와글와글한 법당에 들어섰을 때 높은 천정에서 여유로움을 느끼고, 땀 냄새보다 코를 간질이는 향냄새를 먼저 맡고 다른 사람을 위해 방석을 양보할 줄 안다면 바로 깨달은 이가 아닐는지. 어려움 속에서 즐거움을 찾고, 미워하면서도 사랑하려 애쓰고, 슬퍼하면서도 다시 일어서고, '나'보다 '함께'를 생각하는 그런 사람들 말이다. 이런 마음은 단박에 깨치기가 어렵다. 살아가면서 하나하나 터득해가는 것이다. 그리고 깨친 뒤에 그 마음을 잃지 않으려 노력하는 데 깨달음의 실체가 있다.

나는 기적을 믿지 않습니다만,
매일 아침 새벽을 맞을 수 있고
매일 아침 모두를 위한 기도를 올릴 수 있으며
매일 아침 신발을 신고 집을 나설 수 있다면
그것이 기적이 아닐까 생각합니다.
깨달음이란, 내 마음에 귀 기울이는 것.
생각의 때가 쌓이지 않도록
나는 부지런히 움직이려고 노력합니다.

균형

가난한 어느 부부가 있었다. 그들은 정말 열심히 일해서 집을 장만했다. 음악을 좋아하던 남편은 평소 꼭 갖고 싶어 했던 오디오를 장만했다. 아내는 살림살이를 싹 바꾸었다. 명품 찻잔도 샀다. 그런데 부부는 열심히 일하느라 너무 바빠서 제대로 음악 감상을 할 시간도, 예쁜 찻잔에 차를 마시며 이야기할 시간이 없었다.

정작 좋은 음악과 향긋한 차의 향기를 즐기는 건 부부가 아니라, 그 집에서 일하는 가사도우미였다. 부부는 날마다 새벽 일찍 나가고 한밤중에 들어오곤 했다. 그동안 일하러 온 가사도우미는 넓은 집에서 좋은 음악을 들으며 청소하고 빨래를 했다. 그리고 일을 마치고 나면 차 한 잔 마시는 여유를 즐겼다.

무엇이 행복인지, 어느 것이 먼저이고 나중인지 생각하게 하는 이야기이다. 세상 모든 것에는 나름대로 순서가 있다. 먼저 씨를 뿌려야 열매를 맺을 수 있는 것처럼 말이다. 그러나 우리는 정작 열매가 열렸을 때 맛보지 못하고 썩도록 내버려두는 어리석음을 저지르기도 한다.

내가 지금 가지고 있는 행복은 무엇인가. 그 행복은 잊고 또 다른 행복을 찾으려 애쓰고 있지 않은가. 우리는 무엇을 위해 시간을 쓰고 있는가. 우리에게 앞으로의 시간은 넉넉해 보이지만, 행복을 준비하는 사이에 행복은 지나가고 만다.

행복에 대한 가장 큰 오해는 행복을 갖는 것이라고 생각하는 것이다. 물질과 돈, 집, 직업……, 그리고 그 무엇을 갖는 것. 그러나 행복은 발견하는 것이다. 지금 내 마음의 상태이다. 진짜 행복은 과거에도, 미래에도 없다. 지금 가질 수 있는 것이 행복이다. 어떤 기관에서 행복도를 조사한 뒤 10년 뒤에 똑같은 사람에게 물었다. 그 결과, 10년 전에 행복했던 사람은 10년이 지난 뒤에도 여전히 행복했고, 불행했던 사람은 여전히 불행하다고 답했다. 행복한 사람은 시계를 보지 않는다고 했다. 왜냐하면 지금, 언제나 행복하기 때문이다.

불교에서 수행은 거문고 줄을 고르듯이 하라고 합니다.
너무 당기면 끊어지고 느슨하면 소리가 탁해지는 것입니다.
삶의 행복도 이와 같습니다.
일과 쉼이 조화를 이뤄가야 합니다.
즐거움은 삶의 균형에서 오는 것입니다.

인생의 비밀 07
균형

빛나는 옷

나는 트렌치코트 입은 사람을 좋아한다. 흘러내린 옷의 자태가 멋있다. 트렌치코트를 입은 사람은 왠지 주머니에 시집 한 권쯤 넣고 다닐 것 같다. 낙엽을 밟으며 기형도의 시를 읊조린다면 더욱 멋있겠지.

　　스무 살 때였다. 은사 스님에게 트렌치코트 한 번 입어보는 게 소원이라고 했더니 갑자기 장삼을 들고 오셨다. 트렌치코트보다 더 멋있는 옷이라며 입어보라는 것이었다. 승려들이 의식을 치를 때 입는 장삼은 소매통이 넓고 길이도 길다. 입을 삐죽대며 스님이 내어준 장삼을 입어보니 치렁치렁한 게 거추장스럽게만 느껴졌다. 그 뒤 트렌치코트는 한 번도 입어보지 못한 채 스님이 되었다. 가을날 거리에서 트렌치코트를 입은 사람들을 보면 그 일이 떠오른다. 물론 지금 나에게는 장삼이 트렌치코트보다 훨씬 잘 어울린다.

　　외모는 나를 나타내는 또 하나의 언어이다. 고아하고 단정한 외모일수록 신뢰도는 더 높아진다. 스님도 예외는 아니다. 도력이 높은 큰스님이 한 사찰의 설법에 초대받았다. 평소처럼 검소한 옷을 입고 가자 입구에서 막아섰다. 큰스님은 그런 옷차림을 하지 않는다고 했다. 스님은 다시 좋은 옷으로 갈아입고서야 깍듯한 예우를 받으며 절 안으로 들어갈 수 있었다. 설법을 마친 뒤 식사 자리에서였다. 스님은 음식을 먹지 않고 계속 옷에 쏟아 부었다. 놀란 사람들이 왜 그러느냐며 만류하자 스님이 말했다.

"처음에 나를 못 들어가게 하고는, 좋은 옷을 입고 온 것을 보고서야 들여보내 주지 않았는가. 그러니 이 음식은 내가 아니라 옷이 먹어야 하지 않겠소!"

비싼 옷과 화려한 모습이 '나'를 말해주지는 않는다. 머릿속의 지식은 단지 '아는 것'뿐이다. 옷은 나를 아름답게 꾸며 주지만 아름답지 못한 마음은 가릴 수 없다. 아인슈타인은 말했다. "우리는 초라한 옷차림을 부끄러워하지만, 초라한 생각과 엉터리 철학을 더 부끄럽게 여길 줄 알아야 한다."

옷은 그 사람의 취향을 드러낼 뿐
나를 돋보이게 하지 않아요.
반대로 말과 행동과 됨됨이로
내가 입은 옷을 돋보이게 하면 어떨까요.
나의 승복이 빛나고 당신의 트렌치코트가 빛날 수 있도록 말이에요.

인생의 비밀 08
빛나는 옷

◇◇◇◇◇◇◇

제주도의 돌담은 돌을 얼키설키 쌓아 만듭니다.
제주도에 돌이 많고 바람이 많이 불기 때문입니다.
돌담은 꽤 엉성해 보입니다.
돌과 돌 사이 숭숭 난 구멍은 건드리면 무너질 듯합니다.
그런데 그 틈새가 오히려 돌담을 튼튼하게 해준다고 합니다.
거센 바람이 돌 틈 사이로 빠져나가기 때문입니다.
돌 틈 사이의 여유가 바로 인생의 기쁨입니다.
일상에서 누릴 수 있는 작은 기쁨을 놓치지 마세요.

◇◇◇◇◇◇◇

우리는 얼굴을 바꿀 수는 없지만 눈빛으로
부드러운 말씨로 표정을 바꿀 수는 있습니다.
아메리카 인디언들은 어떤 말을 만 번 이상 되풀이하면
그 일은 반드시 이뤄진다고 믿었다고 합니다.
당신이 늘 중얼거리는 말은 무엇인가요?
오늘 하루 당신이 한 말을 생각해보세요.

여행에서 두고 온 풍경, 70×70, Acrylic on Canvas, 2014

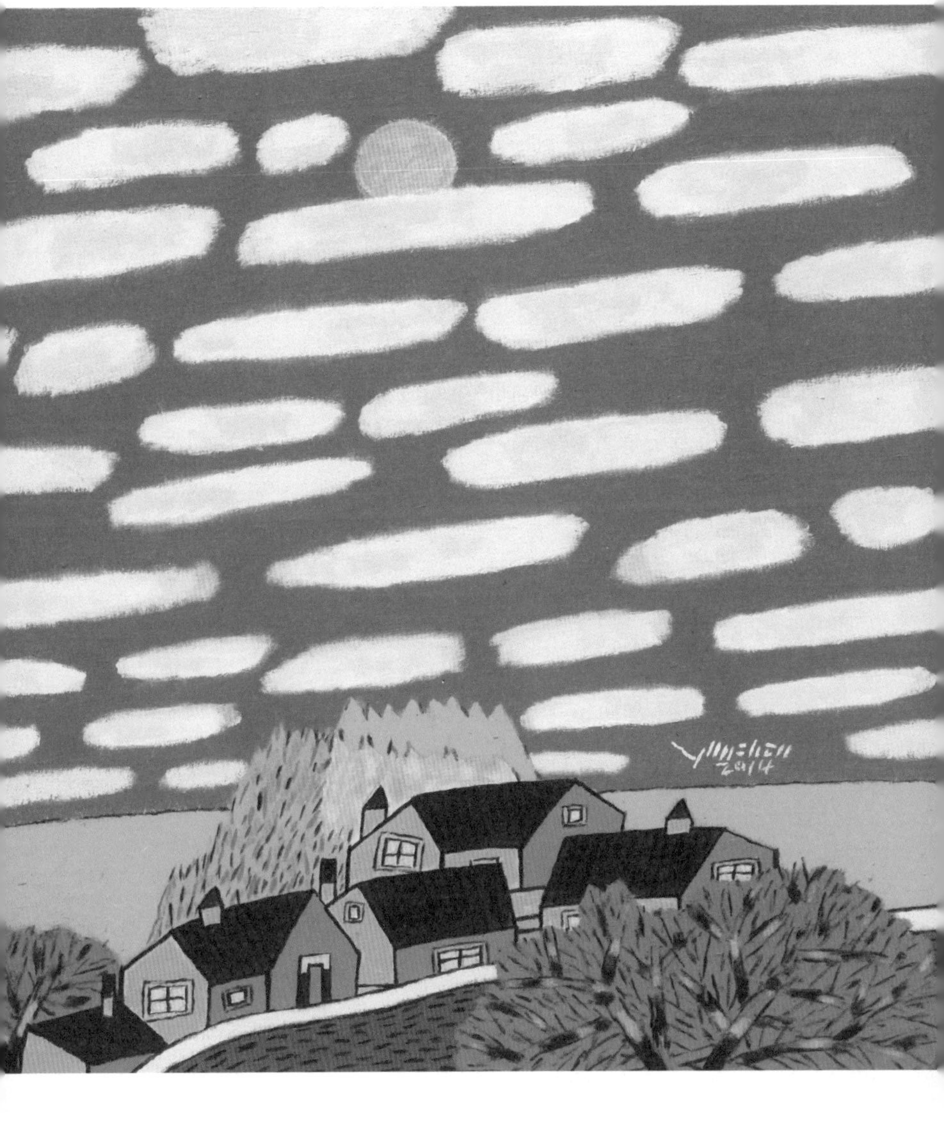

◇◇◇◇◇◇◇
다른 사람과의 대화법은 배우고 싶어 하면서도
정작 나 자신과의 대화에는 소홀합니다.
우리는 스스로에게 얼마나 배려하고 있나요?
혹시 비난을 더 많이 쏟아내지는 않나요.
좀 잘해보라고!
왜 이렇게 참을성이 없냐고,
난 역시 안 된다고…….

스스로를 비난하면서
우리의 긍정적인 에너지를
낭비하지 마세요.
자신에게 너그러워지세요.
물론 마음을 멋대로 풀어놓으라는 말은 아니에요.
남들을 배려하는 만큼만 나 자신을 배려하세요.

◇◇◇◇◇◇◇

수년 전 일본에서는 계획적으로 사는 '아침형 인간'과
더불어 단순하게 살자는 '대충형 인간'이 유행한 일이 있습니다.
대충형 인간은 요리사 오시조노 토시코라는 사람의
요리법에서 비롯되었다고 합니다.

1 기분에 솔직하다.
2 과정을 생략해야 맛있다.
3 도구는 한 개만 사용한다.
4 그날 다 먹는다.
5 몸에 좋아야 한다.
6 요리의 기존 관념을 버린다.
7 왕성한 실험 정신을 발휘하며 즐거워한다.

이 요리법 몇 가지를 우리 일상 속에 응용해볼까요.
나와 사람들에게 솔직하게 대하고 형식보다 내용에 집중할 것.
단순하게 살며, 지금 이 순간의 기쁨을 누릴 것.
모든 관념적인 사고에서 벗어나 좀 다른 생각을 해볼 것.

◇◇◇◇◇◇◇

티베트 불교는 지금 삶에 최선을 다해 수행하고
부족한 수행은 다음 생에 이어받아야 한다고 가르칩니다.
시간을 과거 현재 미래로 구분하는 단위가 아니라
마음의 문제로 생각하는 것이지요.
그래서 티베트 사람은 지금의 삶에 불만하지 않고 열심히 살아갑니다.
우리도 지금 삶에서 조금만 더 좋아지도록 노력하면 어떨까요.
조금 더 행복하려 노력하고 조금 더 공부하려 애쓰고
조금 더 예뻐지려 노력하는 것이지요.
시쳇말로 '이번 생은 글렀어!' 라고 포기하지 말고
'이번 생은 할 수 있는 만큼 하자!'는 노력들 말이지요.

나는 공기청정기 같은 사람이 되고 싶습니다.
사람들이 나를 만나면 머리가 가벼워지고
말이 쉬워지고 웃음이 나왔으면 좋겠습니다.
나의 좋은 기운으로 상대를 전염시키는 것입니다.

여행에서 두고 온 풍경, 70×70, Acrylic on Canvas, 2014

◇◇◇◇◇◇◇

평온한 아침입니다. 분주함 끝에 찾아온 고요함이 좋네요.
공기의 흐름조차 귓가에 들리는 듯 차분하고 맑은 시간과 함께합니다.
하지만 이 텅 빈 고요함이 어떤 이에게는 안온함을 주지만,
어떤 이에게는 지루함을 주기도 하지요.
그래서 누군가는 고요한 시간을 찾아 홀로 먼 길을 떠나기도 하고,
다른 누군가는 홀로 있는 시간 때문에 몹시 우울해하는 것 같습니다.
그러나 우리 삶은 항상 고요할 수도 항상 분주할 수도 없지요.
고요할 때는 고요함을 즐기고
바쁠 땐 바쁜 일상에 최선을 다하는 게
현명한 삶의 태도가 아닐까 싶습니다.
그러기 위해서는
마음의 중심을 잘 잡고 살아가야겠지요.

◇◇◇◇◇◇◇

여행을 가면 호텔에 묵게 됩니다.
호텔은 잠시 머무는 곳이지만 나는 내 집처럼 사용하려고 애씁니다.
가방 속의 물건을 모두 꺼내 탁자와 서랍에 정리를 해둡니다.
그래서 여행에서 돌아오면 간혹 한두 개의 물건을 잃어버리기도 합니다.
우리에게 주어진 '삶'도 마찬가지 아닐까요.
손님처럼 내 삶을 방관하며 살기보다
마음껏 누리고 즐기며 살아보세요.

◇◇◇◇◇◇◇

『톰 소여의 모험』의 작가 마크 트웨인은 자신을 화나게 하는
사람에게 온갖 험담을 담은 편지를 보냈다고 합니다.
편지를 쓰는 사이 마크 트웨인은 마음이 누그러졌습니다.
또 화풀이 대상도 상처 입지 않았지요.
왜냐하면 그의 아내가 편지를 몰래 빼내 보내지 않았던 것입니다.
참 지혜로운 아내이지요?

사람들은 스님도 화가 날 때가 있느냐고 합니다.
네, 있고말고요. 배고프고 목이 마른 것처럼 화가 날 때도 더러 있습니다.
(점점 줄어들고 있어서 다행이지요.)
그럴 때는 곧장 집으로 돌아가 빨래를 한다거나 청소를 합니다.
나만의 화풀이 방식입니다. 내가 아는 어떤 직장 여성은 화가 나거나
속상한 일이 있거나 괜한 열등감으로 우울해지면 집에 있는 아기를
생각한다고 합니다. 화가 날 때 사랑하는 사람을 생각하는 것도 좋은
방법입니다.

3

어른이
된다는 것은
이야기를
가진다는 것

내가 죽은 뒤에 남아 있는 사람들이

나로 인해 조금 더 행복했다고, 조금 더

웃었다고, 슬픔을 작게 할 수 있었다고

기억해주기를 바란다. 생각이 여기까지

미치고 보니, 어느새 추억은 과거로의

여행이 아니라 미래로 떠나는 새로운

여행이 된 것만 같다. 우리 모두, 인생의

마지막에는 행복한 기억만 가지고 가자.

누군가가 너무 감사해서
눈물 흘려본 일이 있나요

선생님이 서울에 왔다며 만나자고 했다. 초등학교 5, 6학년 때 담임선생님이다. 주위에서 '아직도 초등학교 담임선생님을 만나느냐'며 놀라곤 한다. 그때마다 나는 대단한 의리를 지키고 있는 양 으쓱해진다. 알고 보면 선생님이 지켜주고 있는 '의리'인데 말이다.

선생님은 나에게 은인 같은 존재다. 가끔 도시락을 못 싸오는 날이면 선생님은 당신 도시락의 반을 나눠주었다. 부모님도 돌보기 힘들 만큼 몸이 아픈 나를 데리고 이 절 저 절, 이 스님 저 스님을 찾아 헤맸다. 어떡하니, 어떡하니 하면서 부모 이상으로 나를 돌봐주었다. 선생님은 나에게만 베풀지 않았다. 형편이 어려운 아이들은 주기적으로 돌아가면서 방문했다. 가정방문이란 핑계를 댄 선생님의 손에는 늘 먹을거리가 들려져 있었다.

중학생이 되어 선생님을 찾아갔더니 선생님은 『금강경』과 동전이 가득 들어 있는 돼지저금통을 선물로 주었다. 누군가가 너무 감사해서

눈물을 흘려본 것은 그때가 처음이었다. 돼지저금통의 사연은 나중에
자세히 알게 되었다. 고등학생 때 산골짜기 학교에 근무하는 선생님을
만나러 갔다. 선생님이 사는 방은 아주 작았다. 책상 위에 놓여 있는 빨
간 돼지저금통이 눈에 들어왔다. 내가 받았던 돼지저금통과 똑같았다.

"응, 우리 학교에 귀가 잘 안 들리는 아이가 있거든. 그 친구에게
보청기를 사주고 싶어서 모으고 있는 중이야."

눈물이 핑 돌았다. 아, 내가 받은 저금통도 몸이 아픈 내가 낫기를
바라는 마음을 가득 담아주신 것이었구나. 선생님은 그렇게 언제나 제
자들을 위해 돼지저금통을 키우고 있었다. 살아있는 관세음보살님이
있다면 선생님이 아닐까. 이 일만이 아니다. 내가 운문사에서 공부하던
시절에 있었던 일이다. 어느 가을 날, 선생님이 『법화경』한 권을 사경
(소원을 담아 정성스러운 마음으로 경전을 베껴 씀)한 노트를 보내주었다. 동봉
한 엽서에는 이렇게 쓰여 있었다.

"날마다 한 장씩 원영 스님이 중노릇 잘하기를 기원하면서 썼어요.
부처님이 깨달음을 이루신 것은 역경(逆境)을 이겨냈기 때문이 아니라,
순경(順境)을 벗어버릴 수 있었기 때문이에요."

편지를 읽고 가슴이 뜨거워졌다. 어려움을 이겨내는 것보다 모든
일이 순조로운 환경에서 수행하기가 더 어렵다는 말씀이었다. 그러니
늘 지금 자리를 돌아보라는 말씀이었다. 선생님이 바로 옆에서 나를 지
켜보고 하신 말씀 같아 부끄럽기도 했다. 그 말씀은 지금도 내 가슴에
또렷하게 새겨져 있다. 옆에 앉아 흘깃 엽서를 넘겨다보던 도반이 몹시
부러워했다.

"이런 분이 스승이라니, 원영 스님은 정말 중노릇 잘 해야겠어요."

딱히 보내드릴 것이 없어 그날 나는 운문사 은행나무에서 막 떨어진 샛노란 은행잎을 한 상자 가득 담아 선생님께 보내드렸다. 선생님은 낙엽상자를 열어보곤 배꼽 빠지게 웃으셨다는 후문이다.

어쩌면 내가 중노릇을 하고 있는 것은 부처님을 알기 전에, 먼저 선생님을 알았기 때문일지 모른다. 선생님이 늘 곁에서 지켜봐주고 있기에 내 삶이 방향을 잃지 않고 갈 수 있는 것이다. 나를 믿고 지켜봐주는 누군가가 있다는 것은 굉장한 힘이 된다.

중국 베이징에서 공부할 때였다. 공안의 감시를 틈타 티베트 라싸에서 온 어느 여학생에게서 어렵사리 티베트어를 배웠다. 나의 '어린 선생'은 정말 순수하고 맑았다. 가끔 소수민족으로 살아가는 어려움을 이야기해주곤 했는데 나의 짧은 중국어를 배려해서 아주 천천히 또박또박 설명해주었다.

한 번은 빵집에서 공부하던 중 배고프다던 아이가 빵에 손도 안댔다. 먹어보라고 했더니, 라싸에서 함께 유학 온 친구가 암에 걸려 입원했다면서 자기 몫의 빵을 가져다주고 싶단다. 친구에게 줄 빵은 따로 사줄 테니 같이 먹자고 해도 한사코 사양했다. 아이의 친구는 자신이 아프다는 소식을 고향의 부모에게 알리지도 못하고 있다고 했다. 가난한 부모에게 걱정만 주기 때문이다. 친구는 그렇게 죽을 날을 기다리고 있다고 했다. 아무런 힘이 없었던 나는 빵만 가득 사서 안겨주었다.

중국을 떠나기 전, 어린 선생을 초대해 마지막으로 한국 음식을 만들어주었다. 입맛에 맞지 않았을 텐데도 환히 웃으며 맛있게 먹었다고 했다. 그러면서 설거지는 자기가 하겠다고 나섰다. 손님에게 맡기는 건

누군가가 너무 감사해서
눈물 흘려본 일이 있나요

예의가 아니라고 했지만, 뒷정리를 하는 틈에 이미 설거지를 시작한 뒤였다. 그런데 놀랍게도 아이가 하는 설거지물이 딱 두 바가지였다. 수도꼭지를 튼 채 헹궈내는 우리네 설거지법과는 전혀 다른 모습이었다. 이유는 간단했다.

"라싸에는 물이 귀해요. 그리고 라싸 말고도 지구에는 물이 귀한 곳이 너무나 많잖아요!"

누군가를 위해서는 물을 아껴 써야 한다는 게 아이의 생각이었다. 정말 훌륭한 태도였다. 절집의 법도인 발우 공양은 쌀 한 톨에 수많은 이들의 땀방울과 햇빛, 공기, 물 등 자연의 은혜가 숨어 있다는 가르침이 담겨 있다. 절제와 소식, 남김없이 밥을 먹는 행위는 대자연의 은혜에 감사하는 일이다.

한 톨의 쌀처럼 사람 또한 세상에 홀로 존재하지 않는다. 부모의 사랑 속에서 어른이 되고, 친구와 함께 공부하며 성장하고 동료와 함께 일하면서 성과를 낸다. 얼굴도 모르는 타인의 도움은 셀 수조차 없다. 수많은 인연이 없었다면 '나'는 존재할 수 없다. 다른 존재에 대한 감사와 자비, 친절은 너무도 당연한 일이다. 이는 곧 나를 살리는 길이기도 하다. 라싸의 어린 스승은 이러한 가르침을 행동으로 옮기고 있었다. 곁에 있는 친구부터 보이지 않는 지구의 모든 생명까지 헤아릴 줄 아는 그 아이야말로 내가 중국에서 만난 가장 훌륭한 선지식이었다.

누군가를 돕는다는 것은 비를 맞고 가는 이를 위해 우산을 씌워주는 것이 아니라, 함께 비를 맞아주는 것이라고 했다. 같이 비를 맞아주는 것이 무슨 도움이 될까 싶지만, 혼자 비를 맞을 때는 처량하고 서글픈 생각이 들다가도 누군가와 함께라면 장난치며 유쾌하게 비를 맞을 수도 있으니 틀린 말이 아니다.

그래서 그때 함께 해주었던 벗의 마음을 우리는 평생토록 잊지 못하는 것이리라. 더불어 살아가는 세상이기에 꼭 물질적인 것이 아니라, 이렇게 공감해주고 함께 아파해주는 것만으로도 충분히 누군가를 도와주며 살아가는 사람들이 있다. 때로는 중생이라 불리고 때로는 보살이라 불리는 그들, 그들 모두가 오늘은 다 내 마음의 부처다.

누군가가 너무 감사해서
눈물 흘려본 일이 있나요

부모는 용서가 아니라
이해의 대상이다

어머니는 내게 불만이 있을 때마다 아버지를 닮았다고 했다. 어린 마음에도 칭찬이 아니라는 걸 알았다. 아버지의 성격은 불같았고, 그 성격 때문에 빚어지는 여러 일들로 집안이 시끄러웠다. 일하는 것보다 노는 것을 더 좋아했던 아버지. 가족을 힘들게 했지만 내가 존경하는 유일한 이유가 있다.

사나이 중의 사나이였던 아버지는 돌아가시기 전까지 앓아누운 적이 한 번도 없을 만큼 건강한 체질이었다. 하루는 아버지가 집에 들어오자마자 마루에 쓰러졌다. 아랫집 할머니가 풀밭에서 독사에 물려 비명을 지르자 아버지가 제일 먼저 달려간 것이다. 아버지는 재빠르게 허리띠를 풀어 할머니 다리를 묶고 물린 곳을 입으로 빨아 독을 뽑아낸 후 병원으로 옮겼다. 재빠른 처치로 할머니는 금세 회복해 퇴원했다.

그러나 아버지는 미세하게 독이 퍼져 며칠 동안 온 몸이 퉁퉁 부어 누워 지내야 했다. 병원 처방을 받고도 2주가 지나서야 겨우 몸을 일으킬 정도가 되었다. 서울 산다는 할머니 자녀들이 줄줄이 내려와 아버지에게 감사 인사를 드렸다. 자녀들은 할머니가 돌아가실 때까지 해마다 명절이면 우리 집에 인사를 왔다. 그때 고개를 숙이는 손님들을 보며 아버지 곁에 앉아 있던 나는 마냥 우쭐해했고, 적어도 그 순간만큼은 아버지가 자랑스러웠다. 집에 찾아온 동네 사람들도 걸핏하면 그 얘기를 꺼내며 칭찬했다. 평소 허풍이 심했던 아버지이지만 그 칭찬 앞에서만큼은 할 일을 했을 뿐이라며 겸손해했다.

자비를 베풀어야 하는 스님으로 살면서 그날 아버지가 얼마나 큰일을 했는지 종종 실감하곤 한다. 자칫 독이 내 몸에 퍼질 수도 있으므로 꼭 해야 하는 일은 아니었다. 아버지가 독을 입으로 빨아내지 않았더라도 누구도 아버지를 탓하지는 않았을 것이다. 그러나 내 아버지는 '어려우니까 당연히 할 일'이라고 생각했던 것 같다. 당시 칭찬 듣기를 무척이나 어색해하셨던 걸 보면 말이다. 인생은 그렇게 당연히 해야 할 일인데도 하기 어려운 일들이 많다. 우리를 시험에 들게 하는 일들이라고나 할까.

내가 출가를 하고 아버지가 할아버지가 되었을 때다. 우연히 집에 들렀더니 아버지가 소주 한 병을 손에 들고 터벅터벅 들어왔다. 무슨 일이냐고 묻자, 마지막 남은 동네친구가 세상을 떠나 초상집에 다녀오는 길이라고 했다. 그러고는 "내가 죽으면 누가 날 위해 염을 해 주냐. 친구들은 다 떠나서 나를 보내 줄 놈이 없는데"라고 했다. 대뜸 내가 해드릴 테니 걱정 말라고 큰소리쳤다. 아버지의 약한 모습이 짠해서 나도 모르게 그렇게 말해버렸다. 염을 한다는 것이 대체 어떤 일인지도 모른 채.

부모는 용서가 아니라
이해의 대상이다

마루에 앉아 술잔을 기울이는 아버지는 예전에 독사에 물린 할머니를 업고 뛰던 강인하고 호탕한 남자가 아니었다. 알곡을 털어낸 버석버석한 볏짚처럼 초라한 촌로일 뿐이었다. 생각해보면 용서할 수 없는 분이었다. 어머니를 고생하게 하고, 자식들을 못 먹이고 가난하게 만들고, 터무니없는 집착과 욕심으로 주위 사람들을 힘들게 한, 자기만 아는 남자였다. 과거의 아버지는 조금도 훌륭하지 않았다. 내가 아버지를 자랑스럽게 여기는 것은 그날 하루, '인간다운 의리'를 지킨 분이었기 때문이다. 아버지의 전부를 미워하지 않게 해준 한 조각의 기억은 과연 내가 아버지를 용서, 운운할 수 있는 자격이 되는가를 생각하게 한다. 그 뒤 어느 순간부터 아버지를 용서하기 위한 노력보다 아버지 삶 그 자체를 바라보기로 했다. 그러고 보니 불쌍하고 속상하고 애틋한 내 아버지였다.

돌아가신 뒤 약속대로 아버지를 염해 드리는 일은 내가 했다. 장례식장에 염하는 전문가가 있어 굳이 내가 하지 않아도 되었지만 아버지와의 약속은 지키고 싶었다. 어떻게 하는지는 전문가가 가르쳐 주었다. 나는 건네받은 소독 솜으로 아버지의 목과 가슴, 팔다리를 조심스레 닦아드렸다. 아버지의 팔을 처음 잡는 순간, 그 차가운 느낌으로 인해 소름이 돋았다. 승복을 입은 내가 부끄러웠다. 염을 모두 끝내고 나서 수의에 꽁꽁 싸여 얼굴만 동그랗게 내밀고 있는 아버지를 꼭 안아드렸다. 나중에 들으니 그 모습을 밖에서 지켜보던 사람들이 눈물을 흘렸다고 한다.

인연설로 보면 부모 자식 사이는 서로에게 빚이 있는 관계라고 한다. 한 생애 동안 생사고락을 함께 하며 맺힌 인연을 잘 풀어가야만 하는 것이다. 내 아버지는 나에게 좋은 아버지는 아니었지만 더 이상 원망과 미움의 대상도 아니다. 누구에게나 세상은 고단하고 어려운 길이고 내 아버지 또한 예외일 수 없잖은가. 단지 인생을 왜 그리 사셨는지, 가족들에게 성실할 수 없었던 까닭은 무엇이었는지, 아버지 마음 깊은 곳에 숨은 이야기를 듣지 못한 것이 아쉬울 뿐이다. 그 마음을 담아 나는 아버지의 몸을 닦아 드렸다. 막내딸의 눈물로 내 아버지의 다음 생이 조금 더 좋은 삶이 되기를 기도하며.

부모는 용서가 아니라
이해의 대상이다

우리는 왜 그렇게
나쁘게 헤어지려고 하는가

어머니가 돌아가시자 화장을 했다. 화장해서 고향 땅에 뿌려달라는 어머니의 유언이 있었다. 그리고 어머니는 또 하나, 특별한 부탁을 했다. 절대 아버지와 함께 묻지 말아달라는 것이다. 그 즈음 친지들이 먼저 가신 아버지를 어머니와 함께 합장을 하자고 했다. 어머니 유언과 상관없이, 부부니까 당연히 함께 해야 한다고 생각한 듯하다. 나는 반대했다. 어머니의 유언을 따르자고 했다. 두 분 사이가 생전에 좋지 않았으므로 어머니는 죽어서까지 아버지와 같이 있고 싶지 않을 거라고 생각했다.

"도대체 왜 누구를 위해서 두 분을 합장해야 한다고 하는 거예요? 왜 어머니 뜻을 거스르려는 건가요?"

나의 반박에 친지들은 아무 말도 못했다. 결국 유언대로 아버지는 친가 선산에, 어머니는 외가 선산에 뿌려드렸다. 그런데 세월이 흐른 지금 생각해보니 어머니가 참 이상한 이별을 택했구나 싶다. 우리는 보통 어떤 사람과 관계를 맺으면 관계가 계속 이어지도록 애를 쓴다. 하지만 영원히 이어지는 관계는 없다. 언젠가는 끝이 난다. 게다가 끝낼 수밖에 없는 이유가 있다면 끝내야 한다. 죽음으로써 자연히 관계가 정리되기도 하지만 살아서 끊어야 하는 관계는 어떻게 해야 할까.

중학교 때 친구들과 만나는 자리였다. 졸업한 뒤 연락이 끊겼다가 우연히 나가게 되었다. 친구들은 대부분 가정을 꾸린 아이의 엄마로, 혹은 커리어를 갖춘 독신여성으로 나타났다. 스님이 된 내가 역시 가장 특별했다. 단박에 우리의 마음은 옛날로 돌아갔지만, 시간이 지날수록 내심 우리가 얼마나 다른 삶을 살고 있는가를 확인하고 있었다. 게다가 친구의 얼굴이 들어 있는 아이들은 갑자기 어디서 불쑥 튀어나온 것인지! 친구의 아이들을 안아주면서 묘한 감정이 일었다. 학창시절엔 꼬부랑 할머니가 되어도 영원히 친구일 것만 같았는데, 갑자기 낯설어진 친구들과 상황이 조금은 거북했다. 한편으로는 앞으로 이 친구들을 계속 만나기란 어려울 거라는 예감이 들었다. 이렇게 자연스럽게 끊어지는 인연을 나는 받아들여야 했다. 헤어지면서 그들을 위해 기도하며 중얼거렸다.

'내 인생의 한 시기를 따뜻하고 아름답게 만들어준 친구들아. 참 고맙다.'

그립고 보고 싶었던 이들을 세월이 지나 다시 만나게 되면 예전의 그 감정이 되살아나지 않는 경우가 종종 있다. 삶은 수많은 인연 속에서 헤어지고 만나고를 반복한다. 그 가운데 인연이 다한 이들도 있다. 나는 원하지만 상대가 거부하는 인연도 더러 있다. 그때마다 우리가 할 일은 마음속으로 고마운 인사를 하고 보내주는 것이다. 잘 떠나보내는 것도 삶의 아름다운 기술이다. 좋은 사람은 좋은 대로, 나쁜 사람은 나쁜 대로 그들에 대한 감정을 내려놓아야 한다. 문득 '이것이 인생인가', 허무해지기도 할 테다. 그러나 아무리 중요한 인연이라도 시절이 지나면 어떤 형태로든 작별을 고해야만 하는 것, 이것이 우리 인생이다.

　　인생의 길목에는 수많은 헤어짐과 이별이 있다. 그 가운데 가장 힘들고 아픈 헤어짐은 사랑하는 사람과의 이별이다. 이혼을 결정한 어느 분과 이야기를 나눈 적이 있다. 그는 배우자를 원망하고 비난했다. 미움의 불이 그 자신까지 활활 타오르게 할 지경이었다. 그래서 내가 말했다.

　　"왜 그렇게 나쁘게 헤어지려고 하나요? 당신도 아프지 않나요?"

　　그랬더니 그는 더 이상 아무 말도 하지 않았다. 미움의 불에 휩싸이면 아무것도 보이지 않는다. 감정에 휩쓸리면 제대로 판단할 수 없게 된다. 사랑해서 만났고, 서로에게 웃음과 눈물을 나누었고, 서로에게 맞추기 위해 애썼다면, 이별의 방식을 상처와 비난 대신 위로와 다정한 말로 끝낼 수 있지 않을까. '스님이라서 사랑에 대해 뭘 잘 모르시는군요'라고 할 수도 있을 테지만. 나는 다정한 이별도 가능하다고 생각한다. 사랑할 때 노력했던 것처럼 이별할 때도 노력이 필요한 법이다. 『법구경』의 한 구절이다.

사랑하는 사람과 만나지 말라.

미운 사람과도 만나지 말라.

사랑하는 사람은 못 만나 괴롭고

미운 사람은 만나서 괴롭다.

그러므로 사랑하는 사람을

애써 만들지 마라.

사랑하는 사람을 잃는 것은 커다란 불행.

사랑도 미움도 없는 사람은 얽매임이 없다.

진정한 사랑은, 사랑할 때 충분히 사랑하고 헤어질 때는 집착하지 않는 것이다. 나에게 다가오는 인연들을 성실하게 대하고 헤어질 때도 예의를 다하자. 우리, 그렇게 심플하게 살자.

우리는 왜 그렇게
나쁘게 헤어지려고 하는가

용서는 어느날 갑자기
이뤄지지 않는다

고향 인근에 들렀다가 새로 문을 열었다는 박물관에 들렀다. 매표소에서 표를 사서 입장하려는데, 안내하는 여성의 모습이 낯익었다. 초등학교 동창이었다. 우리는 한눈에 서로를 알아보았지만 어정쩡한 자세로 몇 마디 안부만 주고받았다. 그리고 뒤돌아서 들어가다가 문득 '오늘이 마지막 만남일 수도 있다'는 생각이 들었다. 나는 다시 친구에게 가서 불쑥 손을 내밀었다. 화해와 용서를 청하는 악수였다.

사실 그 친구를 처음 보는 순간 가슴이 철렁했다. 초등학교 시절, 내가 괴롭혔던 아이였기 때문이다. 내가 피해자였다면 오히려 마음이 덜 무거웠을까. 하지만 나는 가해자였다. 그때 나는 친구의 어머니와 내 아버지가 친하게 지내는 것이 마음에 들지 않았다. 오해였지만 한번 그렇다고 생각하니 의심이 사실처럼 받아들여졌다. 어린 마음에 그 화풀이를 친구에게 쏟아냈다. 이유 없이 화를 내거나 무섭게 쏘아보고 말을 걸면 모른척했다. 영문도 몰랐을 친구는 억울했을 것이다. 어느 날인가 담벼락 밑에서 혼자 울고 있는 친구를 나는 모른척 지나쳤다. 들썩거리는 친구의 어깨가 지금도 기억난다.

그로부터 30여 년 만의 만남이었다. 친구는 내가 손을 내밀자 잠시 머뭇거렸다. 그리고 어색한 표정으로 손을 잡으며 중얼거렸다.

"어, 그래……."

오랫동안 마음의 짐으로 남아 있던 미안함이 아주 조금 가시는 듯했다. 나이가 들면서 지난 시절을 돌아보면 어릴 때 받은 상처가 남아 있음을 확인하게 되는 경우가 있다. 나 또한 그랬다. 아버지와 어머니가 싸우는 소리, 몸이 아파 빈 방에서 혼자 끙끙대던 기억, 나를 돌보지 않는 식구들에 대한 미움……, 어려서는 부모님에 대한 원망을 지우지 않음으로써 부모님이 속상해하기를 바라는 마음이었을 것이다. 이를 풀지 않고 성장하면 마음의 상처로 굳어진다는 것을 나는 한참 뒤에 깨달았다. 훗날 내가 머리를 깎고 스님이 되었을 때 뒤늦게 그 소식을 들은 아버지는 눈물을 흘리셨다고 한다. 그 이야기를 전해 들으며 내가 너무 오랫동안 아버지에게 잘못해 왔다는 것을 알았다. 오해로 인한 미움만은 진작 거둬들이고 친절하게 대해 드렸어야 했는데 그 시간들을 모두 놓쳐버린 것이다.

박물관에서 만나 내 손을 잡아준 친구는 과연 나를 용서했을까. 친구의 마음도 알지 못하고 미안함은 가시지 않았지만, 상처받은 과거의 시간들로부터 나는 조금 편안해졌다. 지난 시절과의 화해는 어느 날 갑자기 이뤄지지 않는다. 세월이 흐르고 몸과 마음이 성숙해지면서 조금

용서는 어느날 갑자기
이뤄지지 않는다

씩 이뤄지는 것이다. 그렇다면 어른이 된 우리는 이제 그만 화해할 때가 되지 않는가. 내가 남에게 준 상처, 내가 받은 상처로 인해 힘들었던 지난 시간들에 대해 그동안 미안했노라고 용서를 구하고 화해를 청해야 한다.

아이작과 나탄은 끔찍한 홀로코스트 수용소에서 살아남은 생존자였다. 두 사람은 1년에 한 번씩 만나서 서로의 상처를 위로하며 의지했다. 하루는 아이작이 나탄에게 이렇게 물었다.

"자네는 나치를 잊은 적이 있나?"

나탄이 대답했다.

"아니, 나는 잊은 적이 없네. 그들은 정말 끔찍하네. 눈 앞에 있다면 당장이라도!……"

그러자 아이작이 이렇게 말했다.

"그렇다면 자네는 아직 그들의 수용소에 갇혀 있는 걸세."

아이작이 권하는 용서는 나치에게 면죄부를 주라는 뜻은 아니다. 똑같은 불행 앞에서 두 사람은 다른 선택을 했다. 증오심에 사로잡혀 아직도 과거에 갇혀 있는 나탄과, 용서를 통해 현재를 살아가는 아이작.

불교의 가르침에 "물속의 고기가 그물을 찢듯, 한 번 불타 버린 곳에 다시 불이 붙지 않듯, 모든 번뇌의 매듭을 끊어버리고, 무소의 뿔처럼 혼자서 가라"는 말이 있다. 마음을 열고 스스로 용서를 구하지 않으면 우리 삶의 매듭은 끊어지지도 풀리지도 않는다. 삶의 모든 아픔은 자기 자신에게 용서를 구함으로써 비로소 치유할 수 있다. 삶은 미래를 향해 가지만, 과거를 이해해야만 앞으로 나아갈 수 있다. 우리는 왜 세상에 대한 가장 큰 베풂이 용서라고 하면서도 정작 나를 위한 용서는 주저하는가.

용서는 어느날 갑자기
이뤄지지 않는다

매일매일 계속하는 일이
지겹지 않다면 행복하다

노스님의 여든 살 생신을 맞아 전국에 흩어져 있던 우리 절 스님들이 한자리에 모였다. 우리 노스님은 대단한 명성이 있는 분도 아니고, 젊어서 공부를 많이 하거나 왕성한 포교활동을 하신 분도 아니다. 스님은 고작 일곱 살 어린 나이에 출가했다. 그리고 하루하루 평범하게 수행하고 계율에 어긋남 없이 기도하고 정진해 오셨다. 허리가 굽은 스님의 뒷모습은 성실하고 끈질긴 수행의 전형을 보여준다.

어느 분야든 오랫동안 한 길을 걷는 이들을 '장인'이라 하여 존경한다. 수많은 삶의 변수와 유혹들을 이겨내고 인내한 자만이 갖는 영광이다. 하물며 수행임에랴. 머리 깎는 것도 특별한 선택인데 그 모습을 80여 년 유지하는 것은 그야말로 별일 아닌 게 아니다.

출가자에게는 항상 보통 사람보다 엄격한 잣대가 준비되어 있다. 말 한 마디, 손짓 하나 조심 또 조심해야 한다. 수행이 잘 될 때는 절제하고 겸손해야 하고, 뭔가 곤란한 일이 생기고 어려움이 있을 때는 참고 인내해야 한다. 그러나 무엇보다 부족하고 재주 없다 느끼는 자신을 참아내며, '이 길을 계속갈 수 있을까?' 의심하는 마음을 다독이는, 그러니까 자기 자신을 기다려주는 일이 가장 어려운 일이 아니겠는가. 이는 세상을 살아가는 모두에게도 마찬가지일 것이다.

언젠가 모임에 참석한 적이 있다. 그 자리는 어느 선생님의 퇴임 축하 자리를 겸하고 있었다. 평생 시간강사만 했다는 그는 후줄근한 양복에 유행 지난 넥타이를 매고 있었다. 거리에서 흔히 보는 머리 희끗한 장년의 남자였다. 그는 자신을 이렇게 소개했다.

"저는 40년을 보따리만 들고 다니며 이 학교 저 학교 강의만 했습니다. 일생 강사 타이틀을 벗지 못한 사람입니다. 송구스럽습니다만, 그래도 평생 제가 한 강의 시간이 여기 계신 그 어느 교수님보다도 더 많을 겁니다."

여기까지 얘기하자 박수가 터져 나왔다. 내 옆에 앉아 있던 이들이 "정말 대단해. 저런 소신으로 선생을 해야지!" 하며 감탄사를 연발했다. 계속되는 박수 소리에 선생님은 몇 번이나 머리가 땅에 닿을 정도로 고개를 숙였다.

"저는 평생 교단에 서서 교수가 아닌 강사로 학생들을 가르쳤지만 조금도 부끄럽지 않습니다. 이것이 교육에 대한 저의 소신이고 자부심입니다. 누구보다 열심히 준비하고 강의했습니다. 다만 아내에게 미안할 따름입니다. 평생 바가지만 긁던 마누라가 요즘 들어 계속 잘해주더니, 제가 좀 안쓰러웠는지 이제 그만 쉬라고 하지 뭡니까. 허허허. 그래서 지나온 세월을 돌아보니 이제 이만하면 그만해도 되지 않을까 싶은

매일매일 계속하는 일이
지겹지 않다면 행복하다

생각이 들었습니다. 사실 너무 늙어서 학생들에게 인기도 없고, 이젠 허리까지 아파 서서 강의하는 게 보통 힘든 게 아닙니다."

선생님의 얼굴이 감격에 찬 듯 흔들렸다. 여러 차례 인사한 뒤에야 선생님은 이제 다시는 오르지 못할 강단을 내려왔다. 하루 해야 할 일을 모두 마친 농부의 표정처럼 충만한 미소로 가득했다. 선생의 꿈은 남에게 내세우기 위한 '교수'가 아니었다. 학생들을 가르치는 자리면 족하다고 생각했던 것 같다. 그렇지 않고서야 번잡하고 그다지 보수가 좋지 않은 시간강사를 평생 하지 못했을 것이다.

큰 목표를 이루는 것도 힘들지만. 작은 일을 성실하게 계속 해나가는 일도 어렵긴 마찬가지이다. 누구의 관심이나 칭찬을 조금도 들을 수 없는 일이라면 더더욱 힘들다. 벌판에서 부지런히 꿀을 따는 벌을 누구도 알아주지 않는 것과 같다. 노스님과 시간 강사의 삶에 감동한 이유다. 꽃향기는 바람을 거슬러 퍼질 수 없어도 덕 있는 이의 명성은 바람을 거슬러 온 세상에 퍼지는 법이다. 이분들이야말로 그런 향기를 지닌 분이다.

생각해보자. 처음 간절했던 그 마음가짐은 어디로 갔는가. 흔들림 없으리라 다짐한 초심의 기억을 떠올려보면 어떻게 살아야 하는지, 내가 갈 길이 더 잘 보일 것이다. 그러니 왠지 힘들다, 무력하다, 잘하고 있는 걸까, 그런 생각이 드는 날이라면 잠깐만 뒤를 돌아보라. 작은 보폭이라도 계속 걷는다면 훗날 우리 또한 스님의 뒷모습. 시간강사의 미소를 그대로 닮을 수 있으리라.

모파상의 단편 「물 위」에는 이런 구절이 있다. 매일매일 반복하는 일들에 대해 우리가 어떤 생각을 하고 있는지 돌아보자.

언제나 같은 행위를 반복하고도 싫증을 느끼지 않는 자라면 행복한 사람이다. 언제나 한결같이 같은 가구에 둘러싸여 같은 공간에서, 같은 지평선 위에서 같은 동작, 같은 일을 하고, 그것이 끝나면 같은 얼굴, 같은 동물을 만나고 같은 거리를 걸어다닐 수 있는 자는 행복하다. 아무것도 변화하지 않고 모든 것이 따분하지 않고 싫증나지 않는 것을 무한한 혐오감 없이 볼 수 있는 자는 행복하다.

매일매일 계속하는 일이
지겹지 않다면 행복하다

어머니가 싫다고 하면
하지 않으리라

"죄송해요. 죄송해요. 그간 고생 많으셨어요. 이제 아무 걱정 말고 그만 편히 가세요."

은사 스님의 어머니가 먼 길을 떠나셨다. 입관 전 마지막 가는 길에 눈물로 토로하는 스님을 보며 나는 목이 메었다. 밤이 깊도록 염불이 끊어지다 이어지기를 반복했다. 그러나 끝내 스님은 어머니라는 단어를 입 밖으로 꺼내지 못했다.

은사 스님은 열 살 때 이모였던 스님을 따라 절에 갔다가 그대로 머리를 깎았다. 학인시절, 스님은 대중스님들 가운데 가장 어린 막내로 7년을 살았다. 지금은 사찰승가대학 교육과정이 4년이지만 당시에는 7년이었다. 생각해보면 아찔하게 긴 세월이다. 은사 스님은 그곳에서 다른 스님들의 도움으로 글을 배워 경전을 공부했다. 뒤늦게 당신보다 훨씬 어린 친구들과 중학교, 고등학교를 다녔다. 많이 부끄러웠을 것이다. 승가대를 졸업한 뒤에는 선방에서 수행하고 해외에서 포교당을 운영했다. 은사 스님의 일생을 돌아보면 그야말로 '의지의 비구니'다.

그런 은사 스님에게 '어머니'란 단어는 낡은 서랍 속에 넣어둔 빛바랜 사진과 같았다. 내가 은사 스님을 만난 지 23년이 지났는데, 스님에게 어머니가 있다는 사실을 한참동안 몰랐다. 세상 누구도 어머니 뱃속에서 나오지 않은 이가 없건만, 전혀 생각지 못했다. 그만큼 스님은 당신의 가족사를 입 밖에 꺼낸 적이 없고 왕래하지 않았다.

그러고 보니 나 또한 생각나는 일이 하나 있다. 머리를 깎고 얼마 지나지 않아서였다. 세속과의 인연을 끊은 출가자는 '어머니, 아버지'를 '보살님, 거사님'이라 불러야 한다고 들었던 나는 어머니를 '보살님'이라고 불렀다. 어느 해 오랜만에 만난 어머니가 갑자기 눈물을 글썽이며 제발 그렇게 부르지 말아달라고 사정했다. 나는 절 법도라고 잘라 말했다. 매정한 딸이었다. 그러자 어머니는 법도고 뭐고 내 딸이 남과 똑같이 자신을 부르는 건 참을 수가 없다고, 너무나 속이 상한다고 울음 섞인 화를 냈다.

어머니의 눈물을 보며 생각했다. '불가(佛家)의 법도가 아무리 그렇다 해도 내 어머니가 이토록 싫다는데, 내가 꼭 그렇게 부를 필요가 있겠는가. 어머니 가슴을 아프게 할 수는 없다. 어머니를 어머니라 부르는 건 당연한 일인데……' 돌아가실 때까지 나는 어머니가 원하는 자식이 되어드리려고 노력했다.

그런데 계율 공부를 하고 보니, 출가자는 속가와의 인연을 끊는다고 하는 우리의 고정관념과는 많이 다르다는 사실을 알았다. 부처님이 살아계시던 시대, 인도에는 출가자가 속가 가족과 인연을 끊는 일이 결코 장려되지 않았다. 오히려 출가자가 자기 가족에게 가서 불교의 가르

어머니가 싫다고 하면
하지 않으리라

침을 들려주도록 했다. 훌륭한 출가자는 집안의 자랑거리였다. 율장에
는 병든 부모가 출가한 자식에게 간병을 받고 싶다고 원하면, 출가자는
부모님이 계신 곳으로 가서 간병을 해드리는 것이 의무로 되어 있었다.
어떤 스님은 탁발 때마다 약을 모아서 병약한 부모님께 갖다드리기도
했다. 출가자가 부모를 보살피는 일을 당연하게 여겼던 것이다.

은사 스님은 열 살 때 절에 들어온 이후 어머니를 거의 만나지 않
았다. 스님은 철저하게 계율을 지키고자 했다. 그리고 수십 년 뒤에야
어머니의 주검과 마주했다. 그러니 차마 '어머니'라는 말이 나오지 않
았던 것이다. 다만 말없이 눈물만 흘릴 뿐이었다. 그 눈물에 깊은 참회
와 연민이 담겨 있으리라. 스님은 어린 딸을 절로 보내고 오랜 세월 이
제나 저저나 기다렸을 어머니의 마음을 뒤늦게 헤아리며 얼마나 서럽
고 미안했을까.

세상에 그 누구도 완벽한 인생을 살 수 없다. 후회하지 않는 삶도
없다. 부처님도 인간적인 고뇌는 있었다. 아버지 정반왕이 돌아가셨을
때, 오랫동안 함께 한 제자들이 먼저 떠났을 때 그랬다. 결국 중요한 건
살면서 얼마나 후회하지 않는 삶을 만들어 가느냐이다.

후회하지 않는 삶이란 무엇인가. 정호승 시인의 시 「참회」에는 '발
없는 새'의 이야기가 나온다. 인간으로 태어나 나무 한 그루 심지 않고
나무에 물 한 번 준 적 없는 이가 죽어서 발 없는 새로 태어난다는 내용
이다. 새는 발이 없으니 나뭇가지에 앉을 수도 없고 맛있는 열매 한 알
쪼아 먹지 못한다. 고작(?) 나무 한 그루 심지 않았을 뿐인데 죄값이 너
무 혹독하다. 하물며 우리가 살면서 지은 죄는 얼마나 크고 많을까. 남

을 위해 이로운 일 하나 하지 않은 채 삶을 마친다는 건 아무래도 후회가 가장 많이 남을 일이다. 잘한 것을 기억하기보다 후회가 더 많이 남는 게 인생이다. 비록 부처님처럼 많은 이들에게 따뜻한 안식처의 역할은 하지는 못한다 하더라도 적어도 내 주위의 인연에 대해서만큼은 관대해져야 하지 않을까 싶다.

결국 후회하지 않는 길은 하나뿐이다. 바로 마음을 나누는 일이다. 정을 나누고 사랑을 나누며 그리움을 전하는 길, 그길 뿐이다. 그리하여 우리는 다시 만나야 한다. 자신이 버린 모든 것들과, 자신이 만나야 할 모든 것들을, 어머니가 품안으로 돌아온 상처 입은 자식을 애틋하게 안아주듯 그렇게 말이다. 늘 그렇지만 진실한 삶의 열쇠는 오직 사랑, 불교식으로 말하면 '자비'에 있다. 자신을 사랑하는 사람은 남들에게도 상처 주지 말아야 한다. 꼭 그래야만 한다.

어머니가 싫다고 하면
하지 않으리라

타인의 기억은
인생을 복습할 기회다

모처럼 서울 나들이를 오신 은사 스님을 모시고 단골 찻집에 갔다. 찻집 여주인도 자연스럽게 동석해서 대화하던 중 스님께서 내 학창시절 이야기를 꺼냈다. 그런데 이야기 끝에 내가 고등학생 때 빨간색 초미니 스커트를 입고 나타나서 스님이 기절할 뻔했다고 했다. 치마는커녕 빨간색을 안 좋아하는 내가 그럴 리가 없다고 했지만 스님의 생생한 설명에 반박하지 못했다. 나도 스님과의 일화 하나를 꺼냈다. 나와 말다툼을 벌이고 스님이 편지 한 장 달랑 남겨놓고 절을 떠난 일이었다. 물론 장거리 외출이었지만, 마치 엄마하고 싸우고 화가 나서 가출(?)한 형국이다. 그런데 이번에는 은사 스님이 전혀 기억을 못했다. "내가? 설마 내 절 두고 내가 왜 나가나!" 우리는 와하하, 웃음을 터뜨렸다.

삶의 흔적이란, 내 머릿속에는 있고 상대에게는 없는 기억들로 만들어지는가 보다. 그래서 추억은 소중하고, 다른 이들에게 영원히 좋은 기억으로 남기를 바라는지도 모른다. 다른 사람들의 기억 속에서 찾는 '나'의 모습. 내가 무엇을 좋아하고 싫어하는지, 나도 잘 인지하지 못하는 습관들을 발견할 때면 "그래? 내가 그랬단 말이야?"라고 놀란다. 다른 이들의 시선을 통해 나의 새로운 모습을 발견하고, 잘못된 점은 고치고 간혹 오해를 풀기도 하고 깨진 기억의 조각을 맞출 수도 있다. "아, 그때 그래서 그랬구나!" 하고. 그런 점에서 타인의 기억은 인생을 복습할 기회로 삼으면 좋겠다.

세월이 흐를수록, 나이가 들수록 기억의 창고는 쌓여 간다. 창고에서 하나씩 꺼내 보는 추억으로 우리는 힘을 얻고 위안을 받으며 하루하루 살아간다. 우울증을 치료하는 방법 중 하나가 바로 행복했던 시절의 추억을 떠올리는 것이라고 하니, 추억은 상처를 치료하는 약이다. 추억은 한 장의 사진처럼 소소한 것들도 있다. 당시에는 아무것도 아니었던 일들, 별로 중요하지 않았던 일, 사소한 풍경들, 우연히 지나치다 마주친 것들이 한 컷으로 남아 있다. 크고 작은 추억들. 언제든 꺼내볼 수 있는 이야기들이 있어 우리는 혼자서도 살아갈 수 있다.

아이와 어른의 차이라면 기억의 두께에 있다. 추억이 없으면 어른이 되지 못한다. 생의 절반을 산 나는 기억의 정점에 선 듯한 기분이 들 때가 있다. 정신분석학자 칼 융은 중년기를 '인생의 정오'라고 했다. 인생의 정오가 되면 사람들은 지난날들을 돌아보며 그것이 대체 무슨 의미가 있는 것인지 회의에 빠지기도 하면서 외부로 돌려진 시선을 자신의 내면으로 돌리기 시작한다. 그리하여 인생 후반기를 새로운 마음가짐으로 맞을 수 있다는 것이다.

추억도 정리해야 할 시기가 있다. 기억의 창고를 비워야 새로운 추억이 쌓이게 되므로 버릴 것은 버리고 남길 것은 남긴다. 불쾌하고 아프고 상처가 된 기억들은 계속 마음을 갉아 먹는다. 그 기억들은 과거에 남겨두고 와야 한다. '나는 그 일로 많이 속상했어. 아팠어. 화가 났어!' 거기서 기억은 끝나야만 한다.

가끔 사람들은 어느 시절로 돌아가고 싶으냐고 묻는다. 가장 좋은 시절은 언제였냐는 질문이다. 기억의 창고를 열어보면 좋았던 날들도 있다. 그러나 나는 답하지 않는다. 세월이 흘러 그날을 생각하는 지금이 더 좋기 때문이다. 앞으로 새롭게 만들어갈 이야기와 추억들이 많이 남아 있으므로.

훌륭한 여행가들은 우리가 보지 못하는 것들을 많이 보듯이 나는 지금 내 삶에서 더 많은 것들을 보고 듣고 기억하고 싶다. 내가 죽은 뒤에 남아 있는 사람들이 나로 인해 조금 더 행복했다고, 조금 더 웃었다고, 슬픔을 작게 할 수 있었다고 기억해주기를. 생각이 여기까지 미치고 보니, 어느새 추억은 과거로의 여행이 아니라 미래로 떠나는 새로운 여행이 된 것만 같다. 우리 모두, 인생의 마지막에는 행복한 기억만 가지고 가자.

이혼을 할까
커피를 마실까

행사가 있어 대구에 갔다. 역에서 택시를 탔는데 기사아저씨가 룸미러로 나를 슬쩍 쳐다보았다. 나와 눈이 마주치자 기사아저씨가 기다렸다는 듯 말을 걸어왔다. 사연인즉, 몇 달 전 아내가 떠났다고 했다. 아내를 간병하기 위해 회사를 그만두고 6년여 동안 곁을 지켰지만, 결국 아내는 세상을 뜨고 말았다는 얘기다. 그 길로 아내를 따라 죽고 싶은 심정이었지만, 자식들 생각해서 살아야지 하고 마음을 추슬렀단다. 그러고도 한동안 마음을 잡지 못하다가 겨우 정신 차리고 택시 운전을 시작했는데 그나마 하루걸러 나오기가 쉽지 않다고 한다. 그날도 내가 두 번째 손님이었다. 어둑해질 무렵의 시간인데도 말이다.

"자녀분은 어때요?"

내가 묻자 그는 한숨부터 쉬었다. 딸 둘이 있는데 큰 딸은 결혼을 하고 작은 딸마저 독립해서 산다고 했다. 도저히 혼자서는 살 자신이 없어서 작은 딸에게 집에 들어와 같이 살자고 했더니, "아빠, 나도 사생활이 있잖아"라고 답했단다.

"스님, 딸에게 그 말을 듣고 어찌나 속이 상하던지 전화를 끊고 막 울었답니다. 딸 탓을 할 일도 아닌데……, 아내의 빈자리가 이렇게 큰 줄은 몰랐던 거지요."

딸 마음도, 아버지 마음도 모두가 이해가 되는지라 그저 기운 내라고만 말했다. 목적지에 다다르자 아저씨는 잊지 않고 한마디 덧붙였다.

"스님, 부끄러운 얘기 들어주셔서 고맙습니다. 힘내서 살겠습니다."

죽은 아내 이야기를, 서운한 딸 이야기를 누구에게 할 수 있겠는가. 내가 스님이란 이유로 털어놓을 수 있어서 조금 후련해졌다면 오히려 내가 고마운 일이었다. 나는 미소로 답했다.

인간이 맺는 수많은 인연 중에 서로에게 가장 힘이 되는 것은 부부 관계다. 하느님이 아담이 외로울까봐 아내를 만들어주었는데 왜 친구는 만들어주지 않았을까? 그걸 생각해 봐도 그렇다. 석가모니 부처님의 전생 이야기를 담은 『본생담』에는 "부부 사이야말로 인간관계의 기본이다. 그 기초 위에서 자식과의 관계가 성립되고, 이어서 형제, 상하 관계가 성립된다. 그러므로 그 기초가 올바르다면 나머지 인간관계는 잘못될 것이 없다"고 쓰여 있다. 부부관계가 그만큼 중요하다는 것이다. 서로 지독하게 사랑해서 결혼에 이르지만 서로에 대한 인간적인 존엄함을 놓친다면, 그들은 함께 살면서도 이별한 것과 다름없다. 그러니 사랑하는 마음이 존재한다면, 또 그것을 유지하고자 한다면 상대에 대한 이해와 배려를 잃지 말아야 한다.

결혼에 관한 이런 농담을 들었다. 50년 동안 해로한 부부에게 행복의 비결이 뭐냐고 묻자, "원수를 사랑하라"고 했다는 것이다. 결혼생활이 얼마나 많은 인내를 필요로 하는지 알 수 있는 말이다. 처음 이 이야기를 듣고 한참 웃었는데, 말해준 분이 따라 웃지 않아서 "혹시 이거 본인 얘기 아니에요?" 하자 말없이 고개를 끄덕여 한 번 더 크게 웃었다.

얼마 전이었다. 강연이 끝나고 머리가 희끗한 노부인들이 여럿 다가왔다. 자신들의 이야기를 들어달라는 것이었다. 의부증에 가까울 만큼 집착이 심각한 남편 때문에 괴로워하는 분, 남편과의 불화로 하루도 싸우지 않는 날이 없다는 분, 남편이 외도를 해서 미치도록 화가 난다는 분 등. 각각의 사연이 참으로 답답하고 안타까웠다.

그런데 이렇게 심각해 보이는 문제를 거슬러 올라가면 아주 사소한 것에서 시작되는 경우가 많다. 감정싸움, 바로 그것이다. 불화의 직접적인 원인보다 다투는 과정에서 생긴 감정이 서로에게 상처가 되고, 그 상처가 아물기도 전에 또 다른 감정싸움이 일어나 결국 엉켜버린 실타래처럼 되어버리는 것이다. 어디서부터 풀어야 할지 모르는 지경에 이르면 그만 끝내버리고 싶다는 생각에 이른다. 이혼을 떠올리는 것이다.

스님인 나에게 결혼과 부부관계에 대한 조언을 듣겠다는 건 어딘가 어울리지 않다. 맞다. 한 번도 결혼해본 일이 없는 내가 이런저런 충고를 한들 돌아서면 "결혼도 못한 스님이 뭘 알겠어"라는 생각이 조금은 들지 않겠는가. 그래서 나는 누구 편도 들지 않는다. 다만 부부관계도 결국 사람과 사람이 만나 함께 사는 것이므로 인간관계에서 기본적으로 지켜야 할 예의 몇 가지는 꼭 지켜보라고 당부한다.

이혼을 할까
커피를 마실까

첫째, 결혼생활도 사회생활처럼 하라. 특히 인간관계에서 가장 중요한 '황금률'을 적용해보라는 얘기다. "남이 나에게 해주길 바라는 대로 상대에게 해주어라." 이것이 황금률이다. 생각해보라. 연애할 때는 상대가 원하는 대로 해주면서 지극정성을 쏟는다. 상대가 좋아하는 음식을 골라 먹고 좋아하는 영화를 보고 취미를 함께 한다. 상대가 좋다면 무한한 인내력을 발휘한다. 먼저 베푸는 것이 '사랑'이라고 생각한다. 그러나 결혼을 하는 순간부터 '사랑'의 개념은 바뀌기 시작한다. 은연중에 내가 원하는 대로 상대가 해주길 바라는 것이다. 그래야 상대가 나를 사랑한다고까지 생각한다. 변화된 사랑의 잣대, 갈등이 시작된다. 이 갈등을 어떻게 풀어가느냐에 따라서 결혼 생활의 행복이 결정된다. 자, 어떻게 풀 것인가? 앞서 말한 황금률의 법칙이 필요하다. "남이 나에게 해주길 바라는 대로 상대에게 해주어라." 결혼 생활은 '아침엔 빵을 먹을까, 밥을 먹을까'라는 사소한 문제로 시작되어 파탄에 이르기도 한다. 작은 갈등을 지혜롭게 풀어가는 것은 결혼뿐만 아니라 우리 인생에서 죽기 전까지 계속되는 숙제이기도 하다.

둘째, 대화를 많이 하도록 노력하라. 니체는 "결혼생활은 긴 대화다"라고 했다. 그는 결혼하기 전에 반드시 스스로에게 이런 질문을 하라고 했다. "늙어서도 이 사람과 대화를 잘 나눌 수 있을까?" 결혼은 강물처럼 부부간의 끝없는 대화로 흘러가는 것이다. 부부 사이의 침묵은 가정의 행복을 조금씩 갉아먹는 좀 벌레와도 같다. 처음엔 별로 티가 나지 않지만, 알아채고 나면 이미 문제는 걷잡을 수 없이 커진 다음이다. 손쓸 방법이 없다. 그러니 대화하고 또 대화해라. 그래야 서로가 원하는 게 무엇인지 알고, 어떻게 살아갈지 둘만의 인생을 그릴 수 있다. 말하지 않으면 모른다.

남녀의 대화법을 미리 공부하는 것도 방법이다. 여성의 말은 길고 남성의 말은 짧다. 여성은 줄거리가 장황하고 남자는 긴 설명보다 핵심만 말한다. 이런 차이를 알면 아내가 왜 그리 잔소리가 많은지, 남편이 왜 그리 무뚝뚝한지 이해하게 될 것이다. 물론 모든 사람이 이런 예를 따르지 않을 것이다. 나의 배우자는 어떻게 말을 하고, 어떤 말을 싫어하는지 관찰해본다면 어떻게 이야기를 해야 하는지 알게 될 것이다. 상대를 사랑한다면 이 정도 노력은 해야 하지 않을까. 왜 저이는 나를 못살게 굴까, 그 생각에만 매어 있지 말고. '이혼'을 생각하기 전에 커피를 마셔볼 생각을 먼저 해보라.

세기의 지성으로 일컬어지는 시몬느 드 보바르와 사르트르는 계약 결혼으로도 유명하다. 계약 내용은 이렇다. '서로의 자유를 구속하지 말며, 둘 사이에 어떤 비밀도 없다. 또 경제적으로 독립하며, 다른 사람과 사랑에 빠지는 것을 허락한다.' 보바르와 사르트르가 죽을 때까지 계약을 갱신할 수 있었던 것은 끊임없이 대화를 나누며 진실한 속마음을 전했기 때문이다.

이제 어머니는
전화를 받지 않는다

지방 갈 일이 있어 용산역에서 기차를 탔다. 목도리를 풀고 짐을 정리하고 앉았는데 잠시 뒤 한 청년이 노모를 모시고 올라와 내 옆자리에 앉게 했다. 청년은 몹시 피곤해 보였다. 검버섯이 가득한 노모는 꽃분홍색 파카에 반짝이 스카프를 두르고 있었다. 아, 저 모습! 순간 내 어머니의 얼굴이 스쳐갔다. 노모는 아들에게 말했다.

"인자 됐다. 인자는 알아서 갈 테니께 너는 그만 들어가라. 날도 추운디. 그라고 아무 걱정 말고 좀 쉬면서 찬찬히 일자리 알아보거라이. 내 걱정일랑 하덜 말고, 나는 잘 있으니께. 밥 잘 묵고, 아프지 말고. 야아, 너는 할 수 있다."

'너는 할 수 있다'는 말에 갑자기 코끝이 찡했다. 아들은 고개를 숙인 채 겨우 답했다.

"조금 더 있다 가도 돼요. 아직 출발 안 해요."

노모가 주섬주섬 꽃분홍 파커를 벗으며 내 눈치를 힐끗 보고는 다시 말했다.

"기운 잃지 마라. 다 잘 될 테니께. 너는 할 수 있어야."

이윽고 출발을 알리는 방송이 나오자 아들은 기차에서 내렸다. 노모는 창 너머에서 손을 흔드는 아들에게 눈을 떼지 못하고 중얼거렸다.

"야야, 어데 가든 몸만 조심하믄 되어. 너는 할 수 있어야!"

어머니의 투박한 말에 담긴 사랑을 제3자인 나는 고스란히 느낄 수 있었지만, 정작 아들은 어색해하기만 했다.

나의 어머니도 저렇게 말해준 적이 있던가. 오래 전 어느 날 엄마에게서 전화 한 통을 받았다. 절집 생활도 힘들고 마침 밥도 못 먹은 나는 풀이 죽은 목소리로 묻는 말에 겨우 대답만 하고 있었다. 엄마는 "스님답지 않게 왜 그러냐. 힘 좀 내라!"고 말했다. 자식이 출가하기 전에는 안쓰러워하시더니, 머리를 깎고 난 뒤에는 좋은 수행자가 되기를 내 어머니는 늘 기도하고 있었다. 자식은 부모의 기도로 보호받으며 살아간다고 나는 믿는다.

「동산양개화상사친서(洞山良价和尙辭親書)」는 동산 스님이 출가 후에 어머께 올린 편지다. 내용은 이렇다.

"저 양개(良价, 동산 스님)는 맹세코 이생이 다하도록 집에 돌아가지 않고, 티끌 같은 몸으로 깨달음에 닿고자 합니다. 바라건대, 부모님께서는 기쁜 마음으로 허락하시고 내 생각일랑 속으로도 하지 마소서. 훗날 다음 생에 부처님 회상에서 다시 만나기를 기약하고 오늘 이 자리에서는 우선 헤어지고자 합니다. 부모님께서는 부디 저를 잊어주소서."

잊어달라는 아들의 편지를 받은 어머니의 심경이 어떠했을까. 동산 스님의 어머니는 다시는 돌아오지 않겠다는 아들에게 피를 토하는 심경으로 답장을 쓴다. 그 회신이 더 기가 막히다.

"자식은 부모를 버릴 수 있어도 부모는 결코 자식을 버릴 수가 없느니라."

아, 이런 어머니를 두고 어찌할 것인가. 이런 어머니의 마음에 자식들이 해줄 수 있는 일은 작기만 하다. 집을 떠나 혼자 살 때 가끔 어머니에게서 이런 전화를 받곤 했다. 전화가 와서 뛰어가 받으려고 하니 끊어졌단다. 혹시 내가 전화하지 않았느냐는 것이다. "나 아닌데?"라고 대답하곤 했는데, 생각해보면 어머니는 끊어진 전화마다 내가 했을 거라고 생각하고 확인하셨던 것 같다. 어머니의 마음은 이런 것이다. 그렇게 내 전화를 기다리셨을 어머니에게 나는 무심하기만 했다. 어머니 생전에 자주 전화해서 내 목소리를 들려드렸다면 얼마나 좋아하셨을까. 지금도 외우고 있는 어머니 집 전화번호. 한 번씩 걸어보면 "지금 거신 번호는 없는 번호입니다……"라는 차가운 기계음만 들려올 뿐이다.

나는 어머니에게 사랑한다고 말한 적이 없다. 지금도 '사랑한다'는 말은 낯간지럽다. 방송에서 청취자들이 보내주는 사연을 읽을 때 간혹 편지 끝에 '원영 스님, 사랑합니다'라고 쓰여 있으면 유독 그 문장에서 입이 떨어지지 않는다. 거리를 지나다 새로 문을 연 상점에서 '고객님 사랑합니다'라는 홍보 멘트를 듣게 되면 문득 궁금해진다. '저이는 집에 가서 고객에게 하듯 아내와 남편, 다른 식구들에게도 사랑한다고 말할까?

　우리는 가족에게 감정을 솔직하게 표현하는 데 익숙하지 않다. 가족끼리 좋아하는 마음은 당연한데 굳이 표현을 해야 하나, 싶은 생각 때문이다. 또 화가 나거나 서운하다거나 하는 부정적인 감정은 가족이라서 참아줘야 한다고 믿는다. 그러나 가족이라 해도 이심전심 통하는 데는 한계가 있다. 사랑하는 마음은 더 자주 솔직하게 말할 수 있어야 한다. 슬픔이나 원망 같은 감정도 털어놓아야 한다. 물론 그 바탕에는 진심으로 들어주는 마음 자세가 되어 있어야 한다. 가족은 지극히 사랑하는 관계에도 불구하고 종종 불행해지는 것은, 오랫동안 감추고 꽉 눌러놓은 감정 때문이다. 평소 충분히 사랑을 표현하고 서로의 말에 귀 기울인다면, 먼 훗날 서로에게 미안해하는 일은 없을 것이다. 가족은 조건 없이 사랑하라고 했다. 그러나 우리는 정말 조건 없이 사랑하며 살고 있는지, 생각해보자.

　얼마 전 나는 방송을 시작한 지 3년여 만에 처음으로 청취자들에게 고백했다. "아침풍경 청취자 여러분, 사랑합니다." 여전히 어색하지만, 새삼 '사랑'이란 동그란 발음이 참으로 부드럽고 좋음을 알았다. 이 좋은 말을 세상 끝날 때까지 소중한 사람들에게 많이많이 하고 싶다.

왜 그렇게 나쁘게 헤어지려고 하다요?

나는 다정한 이별도 가능하다고 생각합니다.

사랑할 때 노력했던 것처럼

이별할 때도 노력이 필요한 법입니다.

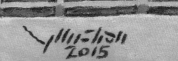

길

얼마 전 독일 극작가 브레히트의 '소외 이론'에 대해 들었다. 관객을 극에 몰입하게 하는 것이 아니라, 극으로부터 관객을 멀어지게 해서 극과 현실을 구별할 수 있도록 하는 것이란다.

소외 이론을 현실에 대입시키면 좋겠다는 생각이 들었다. 힘들고 고통스러운 일이 있을 때마다 한 걸음 떨어져서 바라보도록 하는 것이다. 그때마다 나는 혼자 여행을 떠나 볼 것을 권유한다. (아무런 프로그램 없이 혼자 지내다 오는 휴식형 템플스테이도 있다!) 우선 떠남이 주는 홀가분한 기분이 우울한 현실을 잠시 잊게 한다. 물론 싹 잊고 오라는 뜻은 아니다. 고통스런 현실과 거리를 두고 생각해보는 것이다. 연극이나 드라마를 보듯 나를 고통스럽게 하는 상황을 그려보는 것이다. 타인의 고민이나 문제는 날카롭게 지적하며 충고를 날리는 나의 특기를 '나'의 문제에도 살려보는 것이다.

여행갈 형편이나 여유가 안 된다면 지금 있는 자리에서 마음의 거리를 두라. 걷는 것도 좋다. 그리스의 소요(逍遙) 학파는 걸으면서 생각하고 대화를 나누었는데, 걷기를 통해 깊게 사유하고 객관적으로 판단할 수 있다고 믿었다. 스님들은 느린 걸음으로 포행(布行)을 한다. 걸으면서 공부한다는 뜻이다. 잠시 떨어져 있는 것은 외면하기 위해서가 아니라, 더 잘 보고 더 멀리 보기 위한 방법들이다.

길을 잘못 든 사람이 걸음을 재촉하는 법입니다.
그래서 더 큰 어려움을 만나는 실수를 저지르기도 합니다.
길을 잃었다고 생각될 때
걸음을 늦추고
어디로 갈 것인지, 생각해보세요.

외로움

강연이나 라디오 방송, 이런저런 작은 만남을 제외하면 나는 대부분 혼자 있다. 혼자 있을 때 더 많은 것을 해내고 아주 작은 것들에 관심을 갖게 된다. 문득 시난 일을 떠올리며 '그땐 그랬었지. 그때 왜 그랬을까' 하면서 정리한다. 이해할 수 없거나 상처를 받았거나 하는 일들을 깨끗이 빨래하는 기분으로. 문득 떠오르는 누군가에게 전화를 걸어 안부를 묻는다. 그러고는 책을 읽고 일기와 짧은 글을 쓴다. 가끔은 '혼자'가 좋아서, 스님이란 신분인 내가 너무 큰 호사를 누리는 건 아닌가 싶다. 하지만 내가 누리는 것쯤이야 마음먹으면 누구나 할 수 있는 것들이다.

인간은 아무리 외로워도 2시간 이상 지속적으로 외로움에 젖어 있지 않는다고 한다. 외로움 사이사이 다른 일을 하다가 문득 '아 맞아. 나 외롭지!' 되새기는 것이다. 외롭고 우울해하다가도 친구를 만나면 금방 잊어버리고 깔깔거리며, 반가운 전화라도 한 통 받으면 언제 그랬냐는 듯 기분이 좋아지는데, 그 정도를 가지고 외롭다, 고독하다 말하는 게 조금 쑥스러운 일 아닌가 말이다. 그러니 잠시 지나가는 외로움에 너무 연연해하지 말자. 좋고 나쁘고 외롭고 우울한 감정은 잠시 지나가는 걸로 받아들이자. 자의든 타의든 혼자 지내야 하는 사람들이 늘고 있다.

혼자 살기, 혼자 놀기, 혼자 일하기에 대한 저마다의 노하우로 가득한 세상이다. 혼자라서 좋은 점이 있다면 혼자라서 나쁜 점은 견딜 줄 알아야 한다. 새해다. 나는 또 혼자라는 호사를 누려야 한다. 혹 당신 또한 혼자라는 고독의 시간을 선물 받는다면 스스로에게 속삭여보라. "괜찮아. 혼자면 어때."

외로움은 나만 외롭다는 생각에서 비롯됩니다.
그런데 정말 나만 외로운가요?
거리를 나서면 저마다 외롭다는
마음의 외침이 들려오는 듯합니다.
외로움을 두려워하고
혼자라서 불행하다고 생각하면
정작 인생의 많은 것을 보고 듣고
즐기지 못하게 된답니다.
'어? 나 좀 외로운데?' 하면서
나무가 시든 꽃잎을 떨쳐버리듯
자연스럽게 받아들이세요.

인생의 비밀 10
외로움

자존심

동남아 성지 순례를 마치고 서울로 떠나기 전 날이었다. 보름 동안 낯선 사람들이 함께 한 만큼 이런저런 일이 많았다. 작은 다툼과 보이지 않는 신경전에 피곤하기도 했다. 마지막 날, 붉은 노을이 비추는 강가에서 나는 사람들에게 말했다.

"여러분, 여행 잘 하셨어요? 우리 다음에 이 멤버 그대로 또 한 번 올까요?"

바로 답이 나오지 않았다. 이어 '생각 좀 해보고요'라는 작은 목소리가 들렸다. 나는 웃으며 말을 이었다.

"여러분, 백 명이 여행을 가도 마음에 안 드는 사람이 있고 오십 명이 여행을 가도 맘에 안 드는 사람이 있어요. 그럼 열 명은 괜찮을까요? 열 명이 가건 다섯 명이 가건 내 맘에 안 드는 사람은 늘 있기 마련이에요. 그래서 저 사람만 안 왔으면 하고 생각하지만, 사실 여행을 가보면 또 다른 사람이 거슬리곤 하지요. 부부가 단 둘이서 여행을 떠나도 서로 마음에 안 들 때가 있잖아요. 그런데 그 마음에 안 드는 사람이 바로 내가 될 수도 있습니다. 그러니 나와 안 맞는다고 불평할 것이 아니라, 상대도 나와 같은 마음이겠지, 하는 마음으로 잘 봐주세요. 여행은 이제 끝났지만, 우리에겐 또 다른 삶의 여행이 기다리고 있습니다. 부디 좋은 추억만 가득 안고 돌아가셔서 주위 분들과 따뜻한 마음 많이 나누고, 서로 아끼면서 살아가세요."

타인과 마음이 통하려면
자존심을 삼켜야 할 때가 있습니다.
마음과는 다르게 말해야 하기도 하고
솔직한 감정도 자제할 때가 있습니다.
그럴 때는 너무 자존심 세우지 마세요.
빵빵한 풍선은 터지기 쉽습니다.
자존심을 조금 버리는 일은
부끄러운 일이 아니랍니다.

인생의 비밀 12

또 다른 사랑

인도 북부 고원 겔라우르 마을은 외부와 통하는 길이 딱 하나이다. 바위산 절벽 사이를 지나가는 이 길이 생기기 전까지 마을 사람들은 무려 70km를 걸어야 이웃마을로 갈 수 있었다. 그러다 산길이 뚫리면서 단 몇 시간이면 왕래가 가능해진 것이다. 길을 만든 사람은 '다쉬라트 만지히', 그는 22년 동안 오직 망치와 정만 사용하여 길을 뚫었다.

만지히가 길을 만든 이유는 세상을 떠난 아내 때문이다. 신혼 시절 아내는 남편에게 도시락을 갖다 주기 위해 산길을 걷다가 미끄러져 크게 다쳤다. 병원에 가야 했지만 험준한 산이 가로막고 있었고 아내는 숨을 거두고 말았다. 슬픔 속에서 만지히는 누구도 자신과 같은 아픔을 겪어서는 안 된다며 산을 깎기 시작했다. 하지만 모두들 비웃었다. 처음 도움을 주던 몇몇 사람들도 고된 노동 때문에 포기하고 말았다. 만지히는 상관하지 않고 망치와 정만 가지고 꿋꿋이 바위를 깎고 또 깎았다. 22년 만에 마침내 완성된 길, 덕분에 마을 사람들은 병원과 학교에 다니고 젊은이들은 직장에 다닐 수 있게 되었다.

2007년 만지히는 세상을 떠났다. 누구도 자신처럼 아내를 잃는 슬픔을 겪게 하고 싶지 않다는 한 사람의 간절한 사랑이 만들어낸 기적이다. 나의 아픔을 모두를 위한 사랑으로 품어낸 그 사랑이 눈물겹다. 사랑은 어렵다. 사랑을 잃은 뒤 우리는 두려움, 절망, 공포를 느끼기 마련이다. 그러나 사랑은 여전히 남아 있다. 다만 우리가 무엇을 선택하느냐에 달려 있다. 더 큰 사랑을 선택할 것인가. 절망과 우울감을 선택할 것인가.

사랑은 우리에게 기쁨과 즐거움만을 가져다주지 않습니다.
사랑은 우리를 힘들고 외롭고 지치게도 합니다.
그 고된 감정을 어떻게 견딜 수 있을까요.
그곳에 또 다른 사랑이 있습니다.

인생의 비밀 12
또 다른 사랑

따뜻한 흉터

초등학교에 막 입학했을 때다. 몸집이 작았던 나는 구석에 숨어서 놀기를 좋아했다. 그날도 소달구지 밑에서 놀고 있던 나는 갑자기 달구지채가 내려앉으면서 허리를 찍어 눌렀다. 처음엔 너무 놀라 아픈 줄도 몰랐다. 부모님은 며칠 동안 학교에 가지 못하게 했다. 안 아프다고 볼멘소리를 하고 나서야 일주일 만에 학교에 갔다. 어정쩡한 걸음으로 교실에 들어서자 선생님이 한달음에 달려와 물었다.

"얼마나 아픈 거니?"

"······괜찮아요."

"괜찮은데 일주일이나 학교를 빠지니? 어디 한 번 보자."

선생님은 내 허리춤을 걷어 올려 상처를 살펴보셨다.

"어머나, 세상에! 정말 아팠겠다."

선생님의 말에 나는 왈칵 눈물이 솟았다. 부모님에게 혼날까봐 꾹 참았던 눈물이 그제야 터져버린 것이다. "안 아파요"를 연발하는 나를 선생님은 꼭 안아주셨다. 사실 그 당시 나는 꽤 많이 다쳤던가 보다. 지금도 내 허리에 커다란 흉터가 남아 있는 걸 보면.

하지만 흉터를 볼 때마다 아픔보다 선생님이 꼭 안아주던 따뜻함이 먼저 떠오른다. 흉하지만, 따듯하고 아름다운 상처이다. 나를 걱정해주는 누군가가 있다는 사실을 확인해주는 사랑의 증표.

당신에게 상처를 보듬어줄 단 한 사람이 있기를 기도합니다.
당신이 누군가의 상처를 보듬어줄 단 한 사람이기를 기도합니다.
몸의 상처는 시간이 치료하지만
흉터는 사랑으로만 치유할 수 있습니다.
흉터가 따듯해질 때
당신도 나도 세상도
모두 행복해집니다.

인생의 비밀 13
따듯한 흉터

여행에서 두고 온 풍경(부분), 65 x65, Acrylic on Canvas, 2012

◇◇◇◇◇◇◇

좋은 인연을 유지하며 산다는 게
쉬운 일은 아닌 것 같습니다.
우리는 악연 때문에 힘들어 하지만,
사실 알고 보면 선연(좋은 인연) 때문에
더 많이 힘들고 괴로워합니다.
너무 좋아서, 너무 아껴서 말입니다.

좋은 인연을 오래 유지하며 살려면
악연보다 더 많은 이해와 인내가
필요할지도 모릅니다.

◇◇◇◇◇◇◇

예전에 저는 아침 일찍부터 사람들과 말을 하거나
듣는 것을 싫어하는 편이었습니다.
그런데 요즘엔 방송하느라 매일 아침 일찍부터 말을 하게 되었습니다.
처음엔 부담스러웠지만 지금은 익숙해졌습니다.
대신 다른 습관이 생겼습니다.
저녁 일찍부터 말문이 막힙니다.
해지면 입도 닫히는 모양이에요.
하루에 할 수 있는 일의 양이 있듯
하루 동안 할 말의 양도 있나 봅니다.
적당한 정도는 스스로 판단할 수 있을 테니
늘 정도를 알고 살면 좋을 듯 싶습니다.

◇◇◇◇◇◇◇◇

우리 삶의 인연에도 결실이 있으면 참 좋겠다는 생각이 듭니다.
스치는 인연에 친절하게 대하는 것도 좋은 태도지만,
그게 오랜 시간 쌓여 상대에게 믿음을 주는
관계가 된다면 더할 나위 없이 좋을 거예요.
오늘 만난 어떤 분이 좋은 사람이 있는데도
두려움 때문에 마음을 표현하지 못한다고 했습니다.
스스로 나이가 너무 많다고 생각했기 때문입니다.
그래서 다른 조건은 다 잊고 우선 좋은 사람과 함께하고픈
소망을 생각하여 용기를 내보는 게 좋겠다고 했지요.

형편이나 상황을 고려하느라
우리는 너무 많은 시간을 보내고 있는지도 모릅니다.
스스로에 대한 엄격함, 상대에 대한 지나친 배려가
내 삶을 가로막고 있는 것은 아닌가요?

여행에서 두고 온 풍경, 70×70, Acrylic on Canvas, 2012

◇◇◇◇◇◇◇

나는 '아' 하고 말했는데 상대방은 '어' 하고 듣는 경우 많지요?
그럼 해명을 하느라 애먹는데, 결과적으로는 '으'라고 말한 것처럼
되어버리기도 합니다. 듣고 싶은 대로 듣는 우리의 습성 때문입니다.
그래도 포기하지 말고 그냥 '아'라고 말하는 편이 낫지 않을까 싶습니다.

다른 사람에게 듣고 싶은 말을
강요할 수 없지만 내가 하는 말은
분명하고 깨끗하게 해야 합니다.
그래야 서로에게 상처가 되지 않습니다.

◇◇◇◇◇◇◇

사람의 눈빛은 참 신비합니다.
어떤 눈빛이냐에 따라 서늘해지기도 하고 따뜻해지기도 합니다.
눈빛을 보고 저 사람이 나를 싫어하나, 걱정도 하고,
저 사람이 나를 좋아하나, 착각도 합니다.
역시 따뜻한 말 이전에 다정한 눈빛이 먼저인 것 같습니다.
이제 피로한 눈 감고 푹 쉬었다가 내일 아침에도
햇살 같은 눈빛으로 세상을, 모두를 바라보겠습니다.

◇◇◇◇◇◇

얼마 전까지 머물렀던 집에는 목사님과 수녀님도 살았습니다.

그러니까 앞집에는 목사님이 살고, 아랫집에는 수녀님들이 모여 사는

'피정의 집'이 있었습니다.

가끔 일요일 아침이면 목사님에게서 차를 빼달라는 전화가 옵니다.

마음이 급해진 나는 모자도 쓰지 않고 나가서 얼른 차를 빼줍니다.

목사님은 정중하게 고개를 숙이며 인사합니다.

목사님 차가 나간 자리에 내 차를 댑니다.

목사님은 아마도 아침 설교를 가시는 길이겠지요.

설교 잘 하시라, 마음속으로 기도합니다.

서로 다른 종교인인 우리는 복잡한 주차장에서 서로에게

차를 양보하며 잠깐씩 목례하는 게 만남의 전부입니다.

그러나 말없이 오가는 상대에 대한 존중과 예의를 느낍니다.

서로 다른 종교인이 한 집에 모여 차분하게 살아가는 모습,

생각만 해도 따뜻하지 않나요?

◇◇◇◇◇◇◇

달라이 라마는 말했습니다.
부드러운 친절과 자비심을 베푸는 것이
그대로 자기의 종교라고.

"이것이 나의 소박한 종교입니다.
복잡한 철학들이나 절간, 교회, 성당 같은 것이 필요 없습니다.
우리 자신의 머리, 우리 자신의 심장이 곧 절간이요,
교회요, 성당입니다. 철학은 곧 친절입니다."

◇◇◇◇◇◇◇

우리는 어떤 일을 할 때 꼭 그 사람이 했으면 하고 바랍니다.

내가 좋아하는 사람이 꼭 그 일을 맡아주었으면 하다가 다른 사람이

그 자리에 서면 큰일이라도 난 것처럼 화를 내고 불편해하기도 합니다.

그 당사자가 자기 자신이거나 혹은 내 가족이거나 친구,

내가 좋아하는 사람이라면 더욱 그렇습니다.

하지만 알고 보면 세상에 꼭 그 사람이어야 하는 법은 없지요.

꼭 그 사람이 아니어도 됩니다.

반드시 내가 아니어도 된단 말이죠.

사실 내가 하지 않아도 일은 잘 돌아갑니다.

인연 따라 흘러가게 두고 볼 때도 있어야지요.

성내는 마음 내려놓고 일상의 소소한 일들일랑

내가 아니어도 된다, 생각하세요.

여행에서 두고 온 풍경, 70×70, Acrylic on Canvas, 2013

191.

◇◇◇◇◇◇◇

『세상에서 가장 아름다운 용서』라는 책에서 읽은 글입니다.

랍비 엘리에셀이 대중들에게 묻습니다.
"죽기 하루 전에 용서를 구하십시오."

그러자 누군가 물었습니다.
"하지만, 죽을 때를 누가 압니까?"

랍비는 답합니다.
"오늘 용서를 구해야 하는 이유가 바로 그것입니다."

◇◇◇◇◇◇◇◇

어떤 사람이 좋은 사람일까요?
아기를 웃길 수 있는 사람입니다.
실제 아기를 웃기려면 "까꿍!" 한마디면 됩니다.
아기를 웃길 수 있는 비법은 바로 관심을 가지는 것입니다.

어떤 사람이 소중할까요?
한밤중에 내가 아프면
나를 데리고 병원으로 뛰어갈 수 있는
바로 옆에 있는 사람입니다.
멀리 있는 예쁘고 근사하고 멋진 사람이 아닙니다.

4

행복을
준비하는 사이
행복은
지나간다

인생에서 '슬픔의 시간'은 텅 빈 시간처럼

보인다. 아무것도 할 수 없고 아무것도

이룬 것이 없기 때문이다. 그래서

우리는 온전히 슬픔 속에 있지 못하고

거기서 빠져나오려고 애를 쓴다. 하지만

슬픔은 헛되지 않다. 우리는 충분히

슬퍼하고 아파해야 한다. 터널은 끝까지

걸어가야만 그 끝에 닿을 수 있다.

scar(상처)를
star(별)로 바꾸어라

청년출가학교는 불교계에서 20대 청년들에게 새로운 삶의 모델을 제시하기 위해 만들어졌다. 여름방학 무렵 8박 9일 동안 사찰에서 머물며, 멘토들과 함께 이런저런 삶의 고민을 나누는 프로그램이다. 강신주, 박웅현, 황광우 선생 등, 청년들에게 쓴소리 해도 고개를 끄덕일 수 있는 도력(?) 높은 인사들이 멘토로 참여한다. 여기에 몇몇 스님도 함께 참여한다. 인기가 좋아 해마다 서류 심사를 꼼꼼히 해서 뽑아야 할 정도다. (심리상태가 위태로울수록 높은 점수를 받는?) 그만큼 마음 아픈 청년들이 많다는 반증이기도 하다.

올해 세 번째를 맞은 청년출가학교는 한반도 땅끝마을 해남 미황사에서 열렸다. 땅의 끝, 절벽에 선 것 같은 막막한 심정이었을까, 절 마당에 삼삼오오 모여 있는 젊은이들의 눈빛에 생기가 없다. 나는 상담 프로그램을 맡았다. 첫 시간, 어색함과 긴장감을 풀어주려고 스님들이 농담을 던졌다.

"여러분 모두 큰일 난 거 아세요? 사실 청년출가학교는 젊은 사람들을 스님 만들기 위해 만든 프로그램이에요. 요즘 각 사찰마다 스님들이 매우 부족하답니다. 여기 모인 분들 스님들의 유혹에 넘어간 거니 큰일 났죠?"

호호, 작은 웃음들이 새어나왔다. 분위기가 부드러워졌다. 나는 청년들에게서 익명으로 미리 받아놓은 고민과 질문에 하나하나 답을 해주면서 강의를 이끌었다. 해마다 비슷한 질문이 이어지는데 유독 올해는 '상처와 자존감'에 대한 고민들이 많았다. 자신을 바라보는 바깥의 시선 때문에 상처받는 것부터 학창 시절 왕따를 당하거나 정신적 외상으로 세상과 단절하고 대인기피증을 앓는 경우까지 다양했다.

그런데 원인은 다르더라도 모든 화살을 자신에게 돌리고 있다는 게 문제였다. 자신에게 처해진 고통과 문제의 원인이 자기 때문이라고 느꼈다. 하지만 그렇게 느낄수록 더 위축되고 소외되기 마련이다. 작은 벌레가 열매 속으로 들어가 안으로 점점 파고드는 것처럼. 이들에게 '자신을 믿어라, 자존감을 높여라, 담대하게 생각해라'와 같은 위로는 너무 뻔한 답일 테다. 도대체 뭐라고 말해주어야 할지 막막했다. 그모범 답안에 또 다른 상처를 받을지도 모른다는 생각에 이르렀다. 그때 문득 류근 시인의 「상처적 체질」이란 시가 떠올랐다. 상처 받기 쉬운 체질을 가진 이들의 슬픔을 묘사한 시다. 나를 바라보는 청년들의 눈빛이 마치 '상처는 나의 체질입니다'라고 말하고 있는 것 같았다.

인생에서 '상처가 체질'인 시기는 역설적이게도 젊음이다. 젊음에 대한 가장 큰 오해는 젊으니까 무엇이든 할 수 있다는 생각이다. 젊으니까 이 정도는 해야지, 젊으니까 뭘 못하겠어, 젊으니까 큰 꿈을 꿔야지……, 젊은이는 무쇠라도 우적우적 깨물어 먹을 줄 알아야 한다. 그러나 경험 없는 젊음은 모든 게 서툴고 부족하다. 상처적 체질은 이 괴리감에서 만들어진다. '나는 부족하다'고 자책하며 상처받고 또 그 상처를 감추느라 힘들다. 스님인 나도 젊은 시절에는 '상처적 체질'이었다. 공부하는 수행자가 상처 잘 받는 체질이라고 하면 어딘가 어색하다. 하지만 솔직히 말하면 그 상처적 체질 때문에 수행의 길을 걷고 있는 것이기도 하다.

청년출가학교에 온 젊은이들 또한 자신의 상처를 이겨내기 위해 노력하는 이들이었다. 그러니까 아슬아슬한 땅 끝에 자신을 세워보겠다고 찾아온 것이 아니겠는가. 그것만으로도 그들에게 필요한 희망은 충분했다.

스스로 불행하다고 여기는 이들을 살펴보면 상처가 아픔이 되고, 금세 슬픔이 되어 불행으로 전환되는 시간이 매우 빠르다. 작은 상처가 순식간에 순두부 뭉개지듯 마음상태를 망가뜨리는 경우를 나는 자주 보았다. 그런데 가끔은 '이게 상처받을 문제인가' 싶을 만큼 마음이 여린 이들을 만난다. 정신 차리라고 등짝을 세게 한 대 쳐줄 때도 있지만 대개는 끝까지 이야기를 들어준다. 차마 꺼내지 못하고 남겨둔 마지막 말이 있을지도 몰라서. 물론 정말 큰 상처에 힘들어하는 친구들도 많다. 그러나 대부분 객관적 고통의 크기보다 상대적으로 자신이 받아들이는 고통의 크기가 몇 배 더 컸다.

생각해보라. 우리는 늘 불행과 함께 해왔다. 행복한 순간만큼이나 불행한 순간이 있었다. 하지만 행복한 순간은 금방 잊히고 불행한 순간

scar(상처)를
star(별)로 바꾸어라

은 오래 남는다. 그래서 불행과 고통에 더 익숙한 것이다. 얼핏 보기에는 고통과 불행이 우리 삶의 동반자처럼 보인다. 주위 몇몇 사람과 이야기하다 보면 저마다의 불행에 빠져 있다. 모든 사람들이 불행을 하나 이상씩 갖고 있는 걸 보면, 불행은 우리가 인생을 진지하게, 성실하게 살아갈 수 있게 하기 위한 선물인 것만 같다.

영국의 유명한 성형외과의인 해리 플레트 박사는 유전적인 류머티즘을 갖고 태어나 고통 속에서 성장했다. 아들이 통증 때문에 힘들어할 때마다 그의 아버지는 말했다. "해리, 너의 상처를 별로 바꾸어라. (Turn your scar into star.)" 글자 한 끝 차이로 상처(scar)가 별(star)이 되는 극적인 감동으로 어린 아들이 고통을 거부하지 않고 품어낼 수 있도록 한 것이다.

상처적 체질을 단박에 바꿀 수는 없다. 긍정적으로 생각하세요, 마음을 강하게 잡수세요, 라는 말은 일시적인 방편일 뿐이다. "오리의 다리가 비록 짧다고 하더라도 늘여주면 우환이 되고, 학의 다리가 비록 길다고 하더라도 자르면 아픔이 된다"는 장자의 글귀처럼 모든 처해진 상황을 자연스럽게 받아들이는 것에서부터 체질 개선은 시작된다. 내가 받은 상처와 고통을 자르거나 늘이는 식의 왜곡된 방법으로는 없어지지 않는다.

청년출가학교에서 만난 청년들의 마음에는 아픔, 원망, 자책, 미련 같은 것이 겹겹이 이어지고 쌓여 있었다. 그야말로 꽁꽁 묶여 스스로 벗어날 수 없는 상태였다. 나는 그들에게 어떤 위로도 책망도 하지 않았다. 대신 그것들을 스스로 꺼내 바라보도록 했다. 그들의 눈물에 속으로만 따라 울었다. 그러자 차츰 자기 상처에 대해 덤덤해졌는지 더 이상 울지 않았다. 적어도 상처를 피하지 않고 바라볼 줄 알게 된 것이다. 처음 흐릿하던 눈빛이 생기가 돌았다. 날마다 조금씩 달라지는 모습을 보면서 아침 차담 때마다 청년들에게 말했다.

"오늘도 여러분들 가면이 한 꺼풀 벗겨졌네요!"

아, 얼마나 빛나는 젊음인가. 물을 주면 금방 살아나는 화분의 꽃처럼. 잉게보르크 바흐만의 소설 『삼십세』는 스물아홉의 주인공이 서른 살 생일날 새벽에 일어나 자신이 더 이상 젊지 않음을 깨닫고 모든 가능성이 닫혀 있다고 여기면서 괴로워하는 내용이다. 그러나 소설의 끝은 이렇게 끝난다.

"……내 그대에게 말하노니
일어서서 걸어라.
그대의 뼈는 결코 부러지지 않았으니."

scar(상처)를
star(별)로 바꾸어라

고독은 나 자신을
이해하는 시간이다

창밖이 깜깜하다. 유리창 아래부터 뿌옇게 서리가 끼기 시작한다. 이렇게 깊은 겨울엔 누구나 외롭고 쓸쓸하다. 사랑하는 사람이 곁에 있어도 외로움을 느낀다. 혼자 살아도 둘이 살아도 외로움은 마찬가지다. 일생을 혼자 살아가야 하는 나 같은 수행자도 당연히 외롭다.

"스님도 외로울 때가 있나요?"

정말 자주 받는 질문이다. 나는 미리 준비해 둔 답을 말한다.

"스님도 사람이랍니다."

결혼해서 가족을 이루고 사는 사람은 외로움이 조금 덜하겠지만, 누구나 결국은 혼자가 되어 살아가야 할 시기가 온다. 부부가 나란히 죽는 일은 흔하지 않다. 홀로 살아가는 노년의 고독은 젊은이의 고독과는 비교할 수 없을 정도로 가혹하다 들었다. 그럴 것이다. 부처님은 일찍이 모든 살아있는 존재의 숙명을 간파했다. '태어날 때도 혼자서 오고 죽을 때도 혼자서 가며, 괴로움도 혼자서 받고 윤회의 길도 혼자서

간다.'

인간의 고독은 본질적으로 다른 사람과의 관계를 통해서 해소될 수 있는 차원이 아니다. 살아있음 그 자체로 인해 고독한 것이다. 그러나 평소에는 잘 인식하지 못하다가 어떤 계기를 통해 절대 고독과 맞닥뜨린다. 이를 테면 사랑하는 이를 잃거나, 아주 큰일을 혼자 책임져야 한다거나, 전부라고 믿었던 무언가를 잃어 절망에 빠지거나 할 때 고독과 만나게 되는 것이다.

고독은 우리 가슴에 구멍을 남긴다. 처음엔 작지만 자칫하다가는 인생의 늪이 되기도 한다. 발버둥 치면 칠수록 더 깊이 빠지는 고립의 늪 말이다. 고독을 '잘 다루지' 못하면 고통은 점점 커지고, 고통과 권태 사이를 오가며 무력해진다. 하지만 어느 선사는 이렇게 말했다. '우리 영혼에 상처가 나 가슴에 구멍이 생길 때, 바로 그 구멍으로 빛이 들어옵니다'라고. 아픔이나 상처로 인해 생긴 구멍을 통해 우리는 다시 인생을 배우게 된다. 희망의 빛이 그 구멍으로 쏟아져 들어오기 때문이다.

고독은 내면의 삶을 발견하게 해준다. 자신을 성찰하게 하는 계기가 된다. 어쩌면 고독은 자기만의 진짜 인생을 살기 위해, 자신을 이해하고 사랑하게 만드는 '순수한 감정'인지 모른다. 세계적인 등반가 라인홀트 매스너는 이런 고독을 '흰 고독'이라고 불렀다. 매스너는 1970년 동생과 단 둘이 히말라야 낭가파르파트 정상에 올랐다. 그러나 고산증세가 일어난 동생을 데리고 로프도 없이 하산하던 중 눈사태로 동생이 죽는 사고를 당한다. 매스너는 동생의 시신을 찾지 못한 채 혼자 하산해야만 했다. 혼자 돌아오는, 길고도 외롭고 무서운 생존기는 그의

고독은 나 자신을
이해하는 시간이다

책『검은 고독 흰 고독』에 담겨 있다. 그 뒤 매스너는 동생을 잃은 히말라야를 울면서 넘었다. 외로워서 울고 무서워서 울었다. 그리고 16년 만에 히말라야 14고봉을 모두 완등했다. 14개 봉우리 정상에 설 때마다 그는 어떤 기분이었을까. 사방 눈과 바람, 파란 하늘만 있는 그곳, 외로움을 견디며 혼자 걸어온 길이 아득하게 내려다보이는 곳에서 그는 무슨 생각을 했을까.

"지금은 혼자 있는 것도 두렵지 않다. 이 높은 곳에서는 아무도 만날 수 없다는 사실이 오히려 나를 지탱해준다. 고독은 더 이상 파멸을 의미하지 않는다. 이 고독 속에서 분명 나는 새로운 자신을 얻게 되었다. 고독이 정녕 이토록 달라질 수 있단 말인가. 지난날 그렇게도 슬프던 이별이 이제는 눈부신 자유를 뜻한다는 걸 알았다. 그것은 내 인생에서 처음으로 체험한 흰 고독이었다. 이제 고독은 더 이상 두려움이 아닌 나의 힘이다."

자신이 걸어온 발자국을 친구 삼았으니 견딜 수 있었다는 뜻이리라. 혼자 있는 시간들은 인생에 깊이를 주고, 앞으로 부닥칠지 모르는 인생의 문제와 맞설 힘이 되어준다. 그래서 우리는 고독이 우리 삶을 불행하게 만들 거라고 여기는 생각에서 벗어나야 한다. 그렇지 않으면 혼자 맞서는 것에 대한 두려움이 생기고 결국 이 때문에 불행해지는 결말에 이르고야 만다.

생각해보면 대부분의 사람들은 고독이 뭔지 모르고 피상적으로 느끼는 외로움만을 호소하는 경우가 더 많다. 철저하게 홀로 머물며, 처절하게 자기 자신과 직면해본 사람만이 고독이 무엇인지 안다. 그런데 그런 시간도 갖지 않고서 그저 잠깐 스쳐가는 바람같은 외로움이 마치 자기 삶의 전부인 양 빠져 있다. 그게 우리들이다. 이럴 땐 차라리 고독이라는 표현보다 홀로 있음을 견디지 못한다고 말하는 게 더 맞는 것 같다.

그럼 우리가 홀로 있음을 견디지 못하는 이유는 무엇일까? 무엇보다도 홀로 있음을 자연스럽게 받아들이지 못하는 습성 때문이다. 외로운 감정이 생겨서는 안 된다는 생각이 잠재의식 속에 가득하다. 우리 마음속에는 기쁨, 슬픔, 행복, 우울 등이 모두 찾아올 수 있는데, 왜 유독 외로움만은 못견뎌하며 절망하는가 말이다. 게다가 가족이건 연인이건 소중한 이와 함께 있으면서도 걸핏하면 외롭다고 한다. 오랫동안 같이 있으면 상대가 너무 익숙해서 있으나 없으나 혼자라는 느낌을 갖게 된다. 존재 자체만으로도 소중한 그들을 자기 스스로 외면하고 있는 것이다.

출가자인 내가 느끼는 외로움은 어쩌면 이 글을 읽는 당신보다 훨씬 더 진할지 모른다. 어떤 날은 해야 할 일이 잔뜩 있는데도 하염없이 앉아서 가만히 있기도 한다. 햇살이 들어오면 햇빛 속에 떠다니는 먼지를 보고, 향냄새 맡으며 명상도 하면서 내게로 온 외로움을 고요히 지켜보며 자신을 다스리곤 한다.

일본 유학생활 중에 나는 고독이 뭔지 알았다. 해지는 것을 바라보면서 눈물을 흘린 적도 여러 번, 어린왕자가 의자를 옮겨가며 석양을

고독은 나 자신을
이해하는 시간이다

바라보듯 그렇게 해지는 풍경을 가슴에 담으며 어둠이 해를 삼키듯 고독을 삼켰다. 그러다 문득 생각했다. '인생이라는 게 이렇게 해가 지는 것처럼 사소한 느낌인데, 나는 이 외로움을 사소하게 넘기지 못하고 큰 바윗덩어리처럼 억누르려는 것일까?'

그런데 얼마 뒤 우연히 다른 학생에게서 '노을 속에 서 있는 스님의 모습이 참 멋있었다'는 말을 들었다. 아, 그때 외로움에 빠져 있는 내 모습이 사람들 눈엔 한 폭의 그림으로 보였구나! 정말의 뜻밖이었다. 정작 그림 속에 있는 나 혼자 힘들어했던 것이다. 남들 눈에 멋있게 보이는 외로움이라니 실컷 즐겨볼 것을 그랬다!

그날의 외로움과 고독은 지금도 마음속에 에스프레소처럼 진하게 남아 있다. 가끔 힘들고 외롭다 느낄 때면 '고독한 스님, 멋있다'는 말을 떠올리며 한껏 분위기를 잡아본다. 내 삶에 멋과 여유가 있다면 아마도 그때의 홀로 있음에 나온 것이 아닐까 싶다.

남의 말보다 나의 입에서
나오는 말에 귀기울여라

'자폐를 앓고 있는 아이를 태우고 치료센터 가면서 날마다 방송 듣고 있습니다. 스님 목소리를 들으면 마음이 편안해집니다. 고맙습니다.'

'그러시군요. 아이와 함께 가는 치료센터에 저도 늘 동승하고 있었네요. 다행이에요. 오늘도 힘내세요. 에너지 필요할 때 또 연락주세요. 이 방송을 듣는 모든 분들과 함께 응원하겠습니다.'

BBS 라디오 〈아침풍경〉을 진행하는 나는 아침마다 세상에서 전해지는 메시지를 받는다. 뭉클했다가 설레다가 울고 웃는 일이 메아리처럼 하루하루 이어진다. 라디오는 신비롭다. 듣기만 하는 데도 감정이 고스란히 전달된다. 수십만 명의 청취자들이 보내는 마음의 에너지가 하나로 모여 서로에게 용기와 격려가 된다.

방송을 시작한 지 벌써 3년이 되었다. 처음엔 참 서툴렀다. 자주 말을 더듬고 머뭇거렸다. '스님, 사랑합니다'라는 메시지를 받으면 말문이 막혔다. 누가 들어도 실수했다 싶을 때, 그런 날엔 스스로에게 상처를 주기도 했다. '왜 그랬냐. 그것밖에 못하냐.' 처음부터 잘하는 사람은 없다는 걸 알면서도 어수룩함이 드러날 때마다 이 일을 계속해야 하는지 후회가 들었다. 그런 아슬아슬한 마음으로 하루하루를 넘기면서 오늘에 이르렀다. 지금까지 견딜 수 있었던 것은 청취자 덕분이다. 내 목소리를 들어주고 사연을 보내주는 전파 너머에 있는 그들이다. 세련된 아나운서처럼 완벽하지 않지만, 그들과 함께 소통하면서 우리(나와 청취자)가 꽤 잘 맞는다고 생각했다. 마치 모난 돌들의 대화처럼 말이다.

방송을 하다 보니 음악을 접할 기회가 많아졌다. 명상음악부터 팝, 클래식, 재즈까지. 예전에는 좋아하는 음악만 골라 들었다면 방송을 하면서 낯선 음악들에도 귀를 열어야 했다. 처음 들어보는 음악도 많았다. 그런데 그 음악을 주의 깊게 듣게 되면서 깨달은 게 있다. 말도 그렇고 음악도 그렇고, 소리가 내 귀에 와 머무는 순간 사랑이 되고 믿음이 되고, 또 상처가 된다는 것이다. 눈으로 본 것은 쉽게 잊혀도 들은 것은 잘 잊히지 않는다고 했다. 나쁜 말, 불쾌한 말은 더 오래 이근(耳根)에 머물렀다. 귀를 뚫고 가시처럼 가슴에 와 박혔고, 오랫동안 빼내기 힘들 때도 있었다.

사람의 신경 중 청각신경이 시각신경보다 정보를 더 오래 기억한다는 말도 들은 듯하다. 음악이 사람 마음속에 깊이 파고드는 것도 다 이런 이유 때문이다. 노랫말 한 소절에 흘리는 눈물도 다 까닭이 있다. 나처럼 절집 생활과 동시에 타향살이를 오랫동안 하고 나면, 그리움과 한(恨)의 정서를 또래보다 훨씬 더 빨리 공감하고 깊이 이해하게 된다. 툭 하면 눈물 짓는 나의 특별한 공감능력도 실은 다 이 때문이다.

한의 정서를 이야기하니 언뜻 생각나는 곡이 하나 있다. '임진강'이라는 북한 민요다. 재일교포 감독이 만든 〈박치기〉라는 영화의 주제가이기도 하다. 이 음악을 들을 당시, 나는 한참 재일교포 친구 영희와 가깝게 지내던 터였다. 그래서 재일교포 2세, 3세들이 학창시절 겪었던 고통과 차별에 공감하고 분노했다. 어느 겨울밤, 차디찬 다다미방에서 털모자를 눌러쓰고 추위에 오들오들 떨며 TV에서 이 영화를 보았다. 교포들의 슬픈 현실이 고스란히 녹아 있는 내용이었다. 재일교포 경자를 사랑하는 일본인 청년 코우스케가 〈임진강〉을 부르는 장면에서는 연신 눈물을 훔쳤다.

> 임진강 맑은 물은 흘러 흘러내리고
> 뭇 새들 자유로이 넘나들며 날건만
> 내 고향 남쪽 땅 가고파도 못가니
> 임진강 흐름아 원한 싣고 흐르느냐
> – 〈임진강〉 노랫말 중에서

한 곡의 노래에 이렇게 온통 감정을 실을 수 있는 건 그 안에 이야기가 담겨 있기 때문이다. 허락되지 않는 사랑을 마음속에 몰래 감추고 살아왔던 이야기, 거미처럼 온종일 다락방 구석에 숨어 살아있음을 슬퍼하고, 부모형제와 모국을 원망하던 서글픈 한의 이야기가 노래 속에 배어 있기 때문이다. 얼마 전 운전 중에 우연히 이 곡을 라디오에서 다시 들었다. 코끝이 찡했다. 영희는 잘 살고 있을까 궁금했다. '재일교포 3세와 결혼했다는데. 잘 살고 있겠지.'

남의 말보다 나의 입에서
나오는 말에 귀기울여라

나는 가끔 부처님의 목소리가 어땠을지 궁금하다. 사람들 목소리에 귀 기울이는 습관이 생긴 뒤부터 그런 생각이 부쩍 더 들었다. 부처님의 성상을 바라보면, 인도부처님은 가끔 가는 인도음식점 주인아저씨 목소리와 비슷한 느낌이 날 것만 같다. 중국부처님은 왠지 공자님처럼 위엄 있는 목소리일 것만 같고, 일본부처님은 굉장히 친절할 것 같다. 우리나라 부처님은? 여러 가지 느낌이 연상되지만 대체로 재밌고 다정다감할 것 같다. 개인적으로 나는 시골 농부처럼 선량한 느낌의 부처님을 좋아한다. 편안하고 구수한 느낌에 별 말 없이 자주 미소 짓는 그런 부처님.

어쨌거나 부처님은 '대화의 종교' 불교를 만들어냈다. 절대자에 의한 일방적인 명령이 아니라, 항상 상대에게 묻고 답한다. 그야말로 소통의 달인이다. 도저히 어울릴 수 없는 가난하고 소외받는 이들에게도 부처님은 말을 걸었다. 삶에 대한 답을 스스로 구하게 했다. 누구에게나 삶은 얼마 남지 않았음을 알려주며, 앞으로 어떻게 살아갈지 스스로 묻게 했다. 부처님이 아니라 자기 자신을 등불로 삼아 살라고 했다.

한해가 끝나갈 때면 하고 싶은 이야기가 많아진다. 하고 싶은 말도 많고, 들어야 할 말도 많다. '조금만 더 열심히 할 걸' '조금만 더 주의했더라면' 하는 후회가 물밀듯이 밀려온다. 후회해도 이젠 소용없으니 말해 무엇 하랴 싶다. 그래도 꺼내보자. 말이라도 한번 해보자. 서로 주거니 받거니 하면서 우리의 인생을 나눠보자. 그러고 나면 새해가 우리 곁에 다가와 있을 테다. 최선을 다해 다시 도전할 시간들이.

누군가 당신의 말을 진지하게 귀 기울여 들어줄 때는
정말 기분이 좋다.
누군가 내 이야기에 귀를 기울이고 나를 이해해주면,
나는 새로운 눈으로 세상을 다시 보게 되어
앞으로 나아갈 수 있다.
누군가가 진정으로 들어주면
암담해 보이던 일조차도 해결방법을 찾을 수 있다는 것은
정말 놀라운 일이다.
돌이킬 수 없어 보이던 혼돈도
누군가가 잘 들어주면
마치 맑은 시냇물 흐르듯 풀리곤 한다.

– 마셀 로젠버그, 『비폭력 대화』 중에서

남의 말보다 나의 입에서
나오는 말에 귀가울여라

좋다거나 싫다거나 하는
감정에 치우치지 마라

출가한 지 얼마 안 되었을 때였다. 절에서 신도들과 함께 '장애인 마을'을 방문했다. 그곳을 관리하던 어떤 스님이 후원금을 횡령하여 언론에서 질타를 받은 문제의 복지시설이었다. 그 사건으로 후원이 끊어져 살림이 매우 곤란한 처지라고 했다.

마을의 첫인상은 좋지 않았다. 휑하고 어수선한 느낌에 바람마저 비릿했다. 나는 장애인들과 인사를 나누고 경직된 채 서 있었다. 그때 무리 속에서 한 남자가 달려와 나를 덥석 끌어안았다. 너무 놀란 나머지 그 사람을 확 밀쳐냈다. 하지만 힘이 어찌나 센지 떨어지지 않았고 내가 밀어낼수록 힘을 꽉 주었다. 애타는 눈빛으로 주위 분들에게 도움을 청했다. 옆에서 이 모습을 지켜보고 있던 은사 스님이 말했다.

"가만히 있으면 된다. 니가 좋은가 보다. 자비심을 갖고 어른처럼 행동해라."

어쩔 수 없이 '나 죽었소' 하고 눈을 감았다. 다행히 그곳 교사들이 남자를 달래어 겨우 손을 풀게 했다. 교사들은 연신 죄송하다며 말을 이었다.

"많이 놀라셨죠? 스님이 좋아서 그래요. 여기 친구들은 좋으면 무조건 달려들거든요."

내 나이 스물 셋이었다. 유치원생 정도의 지능이라지만 마흔 넘은 커다란 남자가 달려드는 것은 끔찍한(?) 일이었다. 그걸 감당하기에는 내 수행력이 너무 딸리기도 했다.

남자는 봉사활동이 끝날 때까지 나를 졸졸 쫓아다녔다. 청소하고 빨래하는 내내 뒤통수가 찌릿했다. 빨리 마치고 돌아갈 생각에 내 손놀림이 재빨랐다. 얼추 뒷마무리를 하고 인사도 하는 둥 마는 둥 서둘러 버스에 몸을 실었다. 그런데 이번엔 버스에 올라타는 나를 보며 남자가 엉엉 우는 게 아닌가. 난감했다. 모든 시선이 나에게 꽂혔다. 하는 수 없이 버스에서 내렸다. 자비도 연민도 몰랐던 때, 빨리 떠나고픈 생각에 그의 어깨를 두드리며 말했다. "다음에 또 올게요. 울지 말아요." 그랬더니 남자는 어린애처럼 주먹으로 눈물을 훔치며 말했다. "전마(정말)? 전마 또 와요?" 나는 대충 고개를 끄덕였다. 하지만 그의 눈물은 멈추지 않았다. 그는 알고 있었을까. 낯선 사람을 대할 줄 모르는 못난 내 마음을.

단박에 편견을 사라지게 하는 방법은 없다. 편견에서 자유로울 수 있는 사람도 없다. 낯선 사람이나 처음 접하는 일 앞에서는 약간의 두려움이 일어나는데, 혹 부정적인 이야기라도 들었다면 편견은 더 강해진다.

아이의 지능을 가진 순진한 사람에게조차 거부감을 느끼던 시절이

좋다거나 싫다거나 하는
감정에 치우치지 마라

무색하게 지금의 나는 수많은 사람들을 만나고 이런저런 삶의 조언을 해주는 자리에 있다. 무릇 편견을 없애는 법은 직접 많이 경험하는 수밖에 없다. 어린아이에서부터 노인에 이르기까지 상점주인, 선생, 학생 등 다양한 계층의 사람들을 만나온 나는 이제 균형 있게 사람을 대하고 판단하는 데 어느 정도 익숙해졌다.

한편으로는 남을 가르치려는 잔소리꾼이 되어갔다. 다른 사람 눈엔 '지적질'로 보였을 것이다. 가끔은 아름다운 가면을 쓰기도 했다. 용감하고 정의롭고 대범하게 보이고자 할 때도 있다. 마음을 감추고 친절한 척할 때도 있다. 특히 스님 신분의 나를 대우하고 대접하는 이에게는 더욱 조심했다. 신도들의 보시와 공양에 기대어 살아야 하는 스님들이라면 한번쯤 겪는 일이다. 출가자라면 공감할 이중성, 양면성의 태도 말이다.

『지킬박사와 하이드』에는 선과 악이라는 양면을 가진 동일 인물, 지킬 박사와 하이드가 등장한다. 흠잡을 데 없이 훌륭한 지킬 박사에게는 신실한 낮의 얼굴과 유혹에 따라 휘청되는 밤의 얼굴이 있다. 자신의 양면성이 수치스러웠던 지킬 박사는 초월적인 과학 연구로 선한 사람을 악한 사람으로 변하게 하는 약물을 개발하고, 자기마음대로 선악으로 분리된 모습을 취하면서 희열을 느끼게 된다. 그런데 점차 자신의 의지와는 무관하게 걸핏하면 하이드가 되어버리는 지킬 박사는 결국 괴로워하며 자살을 선택한다.

지킬 박사에 비유를 하는 것이 적절한지는 모르겠으나, 어쨌든 인간에게는 양면이 있고, 특히 종교지도자들에게는 그 양면이 더욱 잘 드러날 수도 있겠다는 생각이 든다. 지킬 박사는 나쁜 마음을 품었을 때의 고통에 괴로워하다가 악행에 도취한 하이드를 만들어내지만, 종교인들은 늘 희노애락(喜怒哀樂)을 느끼는 평범한 인간이었다가 자신을 우러러보는 대상을 만나면 세상사를 초월한 듯한 포즈를 취하곤 한다. 그 양면의 변화를 두고 비난하는 이도 있지만, 사실 그게 말처럼 간단하지는 않다. 늘 여여(如如), 한결같을 수 있다면 좋겠지만 알고 보면 스님도 위험한 인간이잖은가.

미국 속담에 이런 말이 있다. "젊은 날의 아름다움은 자연의 선물이고, 늙은 날의 아름다움은 삶이 빚어낸 작품이다." 아직 늙지 않은 나는 가끔 이 문장을 꺼내 읽는다. 젊은 날의 아름다움보다는 삶이 빚어낸 노년의 아름다움을 더 원하기 때문이다. 철부지 어린 스님이었던 내가 이제는 수많은 딜레마 앞에서 대처하는 능력을 조금씩 키워가고, 집착으로부터 스스로를 자유롭게 하고자 노력한다. 이 모든 노력이 삶을 안온하게 빚어가는 길이 아닐까 싶다. 이슬람 시인 '루미'의 「여관」이란 시다.

인간이란 존재는 여관과 같습니다.
매일 아침 새 손님이 찾아옵니다.
기쁨, 우울, 비열,
때로 순간의 깨달음이 찾아오기도 합니다.
기대하지 않았던 손님.
모두들 환영하고 접대하십시오.
비탄의 무리가 당신의 집을 거칠게 휩쓸고,

좋다거나 싫다거나 하는
감정에 치우치지 마라

가구를 부수더라도, 모든 손님을 극진히 대접하십시오.

그러면 그 손님들이

당신을 새로운 기쁨으로 깨끗하게 씻어줄 것입니다.

어두운 생각, 수치, 원한을 웃음으로 맞으십시오.

그리고 당신의 집에 초대하십시오.

누가 오더라도 감사하십시오.

그들 모두는 저 너머로 당신을 안내하고자 찾아왔습니다.

루미의 시처럼 모든 걸 포용한 사랑의 삶만 살 수 있다면 얼마나 좋을까. 기대하지 않았던 손님, 비탄의 무리가 내 집을 헤집어도 웃음으로 맞이할 수만 있다면 얼마나 좋을까. 아직도 내 안에는 욕망과 분노와 슬픔이 많음을 고백한다. 다만 다행인 것은 그것들이 이성과 윤리를 만나 지금은 순조롭게 조절되고 조화를 이루려 한다는 점이다.

'조화로운 삶', 그것은 어느덧 내 삶의 목표가 되었다. 어떤 일에 대해서든 너무 조이지도 말고, 그렇다고 너무 풀어서 느슨하지도 않게 하는 것이 삶을 가장 풍요롭게 하는 길이라 생각하기 때문이다. 부처님이 깨달음에 조급해하는 소녀에게 일러준 말씀처럼, 생활전반의 일이나 인간관계를 너무 팽팽하거나 느슨하지 않게 한다면, 좋다거나 싫다거나 하는 감정에 치우쳐 도중에 내팽개쳐 버리는 일은 없을 것이다.

나에게로 향하는 길은 빠르지도 느리지도 않게 그저 오늘처럼만 묵묵히 가고프다. 아름다움을 알아볼 수 있는 따뜻한 눈을 가지고서.

사랑을 알면
인생은 완성되는 것

사랑과 이별을 이야기할 때마다 떠오르는 비구니 스님이 있다. 마지막으로 만났을 때, 스님의 상태는 이미 반은 죽은 사람이었다. 앙상하게 마른 몸과 누렇다 못해 검은 빛을 띤 얼굴에서 죽음이 얼마 남지 않았음을 느낄 수 있었다. 하지만 스님의 표정은 편안했다. 검푸른 입술은 미소를 머금고 있었다. 그 미소가 더 아프게 느껴졌다.

"괜찮아요, 스님?"

"음. 괜찮은 것 같아. 죽기 전에 원영이 보고 싶었는데, 여기까지 와줘서 고마워."

"그분은요? 다녀갔어요?"

"어, 며칠 전에 다녀갔어. 이제 오지 말라고 했어."

스님은 힘없이 웃으며 말을 이어갔다.

"이런 모습 그분에게 더 이상 보이기 싫어서……. 난 괜찮아. 너도 이제 오지 마. 오늘로 우리 마지막 인사는 나눈 걸로 하자. 그리고 앞으로 모든 게 다 잘 될 거야. 밤마다 내가 기도하거든. 기력 있을 때 내가 아는 한 사람 한 사람을 위해 기도하자고 마음먹었어. 지금 내가 누워서 할 수 있는 일은 기도밖에 없잖아. 그러니 모두 다 잘 될 거야. 걱정하지 마."

나는 머리를 방바닥에 묻고 숨죽이며 울었다. 들썩거리는 나의 등을 토닥이던 스님은 내 손에 목각 동자승을 쥐어주었다. 스님이 염주 대신 늘 손에 쥐고 있던 동자승이다. 극심한 통증이 밀려올 때마다 동자승을 꼭 움켜쥐고는 신음 한 번 뱉지 않았다. 스님은 앞으로는 이 동자승이 나를 지켜줄 거라고 했다.

스님과 나의 인연은 행자 시절로 거슬러 올라간다. 당시 스님은 내가 공부하던 절에서 천일기도를 하고 있었다. 기도하는 음성이 어찌나 감동적인지 스님을 따라 기도하는 사람들로 법당은 늘 북적였다. 일찍이 부모를 잃고 살아온 서러운 삶을 오랜 시간 기도 염불로 정제하였으니 듣고 있으면 내 속에 엉킨 감정들이 다 풀어지는 듯했다. 그런데 천일기도가 끝나는 날, 기도를 마친 스님은 병원에 실려 갔다. 암 말기였다. 가망이 없다고 했다. 그러나 기도의 힘이었는지 스님은 기적처럼 소생했다.

하지만 몇 년 뒤 암이 재발했고, 기적은 두 번 찾아오지 않았다. 이번엔 스님 본인이 살 수 없을 거라고 생각했다. 스님이 나를 보고 싶어 한다는 소식을 누군가가 전해주었다. 이 만남이 마지막일지도 모른다는 두려움을 안고 스님의 사찰을 찾았을 때, 스님은 혼자였다. 스님 곁을 그림자처럼 쫓아다니며 지극 정성으로 돌보던 남자가 보이지 않았다. 그는 스님의 일을 봐주던 사람이었다. 스님이 병원에 갈 때마다 부축해서 동행하고, 정성을 다해 음식을 준비했으며, 우스갯소리로 스님을 즐겁게 해주었다. 한편으로는 스님이 그에게 너무 크게 의지를 하는 듯해 걱정이 되기도 했다. 세상 사람들의 눈에는 아무래도 남자와 여자로 보이기 때문이다. 그러면서도 삶이 얼마 남지 않은 스님을 그 남자가 끝까지 지켜주기를 바랐다.

그런데 스님은 그가 더 이상 오지 않는다고 했다. 그 말을 듣고 처음엔 남자를 원망했다. 죽어가는 이에게 무엇을 못해줄까 싶었다. 그러나 그 남자야말로 존경하고 좋아하던 스님의 마지막을 차마 보고 싶지 않았을지도 모른다. 아니 어쩌면 스님의 죽음을 지켜만 봐야 하는 자신의 무능함이 더 괴로웠을 수도 있다. 그렇다면 그에 대한 나의 원망은 얼마나 가벼운가.

스님은 밤마다 차가운 법당에서 남몰래 기도를 했다. 생의 마지막까지 사람에 대한 집착을 저버리지 못한 수행자로서의 참회, 자신이 아끼고 사랑했던 이들을 위한 기도, 매일 밤 그렇게 아무도 모르게 홀로 죽어가는 육신마저 모두 바치겠다는 바람으로 기도했다. 스님의 병이 악화된 것은 그런 밤 기도가 원인이었다.

마지막으로 만났을 때, 스님은 나에게 고백했다. 그 남자를 사랑했던 것 같다고, 그리고 사랑하는 이를 마음에 품을 수 있어 박복한 삶이 아름다울 수 있었노라고, 그래서 이제는 다 놓아버리고 훌훌 털고 떠날 수 있을 것 같다고 말했다. 얼마 뒤 스님이 숨을 거두었다는 소식이 들려왔다. 당시 스님의 나이 고작 서른다섯이었다.

인간은 스스로 원하고 선택해서 태어나지 않는다. 죽음도 마찬가

사랑을 알면
인생은 완성되는 것

지이다. 인생의 시작과 끝은 모두 내 선택과 의지와 무관하다. 사랑과 이별도 마음대로 되지 않는다. '사랑은 교통사고처럼 일어난다'는 말도 있다. 출가자라고 해서 다를 게 없다. 목각 동자승을 남기고 떠난 스님의 사랑을 지켜보며 나는 생각했다. 어떤 절망적인 인생이라도 그 삶을 아름답게 만들 수 있는 것은 오직 사랑뿐이라고.

출가자와 사랑은 어딘가 어울리지 않는다거나 도덕적이지 못하다고 생각하는 이들도 있겠지만 그런 편견은 남녀 간 사랑의 끝이 결혼이라는 생각에서 비롯되는 것이 아닐까. 스님도 교통사고를 당할 수 있다. 그 '사고'를 어떻게 다루고 만들어가느냐에 따라 사랑일 수도, 사랑이 아닐 수도 있다. 어느 날 날아온 풀씨처럼 가슴에서 싹이 튼 사랑을 스님은 모두를 위한 기도로 풀어냈다. 과연 누가 스님의 사랑에 돌을 던질 수 있겠는가.

영화 〈메디슨카운티의 다리〉는 로버트 킨케이트라는 사진작가와 평범한 시골 아낙 프란체스카의 사랑이야기다. 영화의 여운이 오랫동안 남은 이유는 인내하는 사랑의 끝을 보았기 때문이다.

털털거리는 트럭을 타고 촬영 여행 중이던 로버트는 시골 마을에서 프란체스카를 만난다. 때마침 프란체스카의 남편과 아이들이 박람회 구경을 하러 가고 없었다. 두 사람이 사랑을 나눈 시간은 나흘, 로버트는 프란체스카에게 함께 떠나자고 권한다. "이런 감정은 일생에 단한 번 오는 것"이라며. 하지만 프란체스카는 떠나지 않는다. 빗속으로 사라지는 로버트의 트럭을 몰래 지켜보는 프란체스카는 울고 있었다.

남자를 따라가는 것과 남는 것. 무엇이 더 큰 용기일까. 어느 쪽이 진정한 사랑이라고 할 수 있을까. "내가 할 수 있는 건 내 가슴 깊은 어딘가에 우리를 영원히 담아두는 거예요." 프란체스카의 말이다. 두 사람은 남은 생애 동안 단 한 번도 만나지 않는다. 간직하는 것만으로도 사랑은 완성될 수 있음을 영화는 보여준다.

살아가는 데 가장 강력한 에너지는 바로 '사랑'이다. 우리는 사랑의 에너지를 제대로 사용하지 못해 두려움과 절망 속에 자신을 빠트린다. 그 비구니 스님은 스님 방식대로 사랑을 완성했다. 그렇지 않다면 영원히 묻어둘 수 있는 그 일을 죽기 전에 나에게 고백하지 않았을 것이다.

내 책상 위에 놓인 목각 동자승을 볼 때마다 나는 스님이 진정한 수행자였음을 생각한다. 프란체스카와 비구니 스님, 우리는 모두 사랑을 통해 저마다의 수행을 하며 살아간다.

사랑을 알면
인생은 완성되는 것

충분히 슬퍼하지 않으면
슬픔은 복습해야 한다

사랑하는 이의 죽음을 경험한 사람은 알 것이다. 삶이 얼마나 허망한지. 차갑게 식은 몸을 부여잡고 소리 내어 울어본 사람이라면 알 것이다. 인생이 얼마나 덧없는지. 그럼에도 불구하고 우리는 잊어버리고 다시 살아간다. '기억해내는 힘이 아니라 망각하는 힘이야말로 우리가 살아가는 데 더 필요한 것'이라는 말처럼, 잊을 수 있기에 우리는 다시 살아갈 수 있다. 만약 지난 고통을 낱낱이 기억한다면 어떻게 다시 힘을 내어 살아갈 수 있겠는가.

대전의 한 옥탑방에서 몇 달 지낸 적이 있다. 그곳에서 나는 딱 동면상태였다. 몸과 마음이 지칠 대로 지쳐 아무런 욕구가 일어나지 않았다. 외출도 삼가고 전화도 받지 않았다. 하루 종일 잤다. 깨어나면 밥을 조금 먹고 약을 먹고 다시 잠을 청했다.

원인은 어머니에 대한 미안함과 원망에서 시작했다. 어머니가 위독하다는 소식을 듣고 공부를 중단하고 간병을 했다. 몇날 며칠 어머니

머리맡을 지키며 나는 복잡한 감정에 휩싸였다. 지난날 어머니에게 친절하지 못해 미안했고 한편으로는 길어지는 간병에 힘들어하는 나 자신에게 화가 났다. 당장 내 몸의 불편함이 먼저였으니 인간은 참으로 단순했다. 알게 모르게 나의 투정을 다 받아주신 어머니가 사라지면 어떻게 해야 하나, 막막함도 컸다. 결국 어머니가 세상을 떠나고 나는 슬픔과 무기력함을 이기지 못해 쫓기듯 중국행을 택했지만 마음의 골은 점점 깊어만 갔다.

나는 옥탑방에 스스로를 가뒀다. 옥탑방에 누워 있으면 삼각형 무늬의 천장이 한눈에 들어왔다. 그 삼각형을 끝도 없이 따라 그렸다. 그러다 문득 이런 생각이 들었다.

"내 마음속에서 일어나는 모든 감정들은 결국 내가 감당해야 할 것들이다. 분노와 슬픔에서 벗어나기 위해 애쓰지 말고 지금은 그저 가만히 있자."

그렇게 보낸 시간이 한 달여, 차츰 마음이 가벼워진다고 느낄 즈음 무심코 책을 보다가 이런 글줄을 발견했다.

'이제 그만 자네 자신을 용서하게.'

그러자 갑자기 커튼을 확 열어젖힌 것처럼 주위가 환해지는 느낌이 들었다. 봄은 소리 없이 천천히 오지만 꽃망울은 갑자기 확 터지는 것처럼. 텅 빈 시간이 약이 된 것일까. 나는 이제 밖으로 나가야겠다고 생각했다.

인생에서 '슬픔의 시간'은 텅 빈 시간처럼 보인다. 아무것도 할 수 없고 아무것도 이룬 것이 없기 때문이다. 그래서 우리는 온전히 슬픔 속에 있지 못하고 거기서 빠져나오려고 애를 쓴다. 하지만 슬픔은 헛되지 않다. 우리는 충분히 슬퍼하고 아파해야 한다. 터널은 끝까지 걸어가야만 그 끝에 닿을 수 있다.

존 애덤스는 "슬픔은 인간에게 진지한 생각의 습관을 가지게 하고 이해력을 강화하며 마음을 부드럽게 한다"고 했다. 슬픔의 시간을 거치면서 우리는 인생을 살아가는 데 정말 필요한 것이 무엇이며, 또 내게 절실한 것이 무엇인지 알게 된다. 나아가 누군가의 아픔도 이해할 줄 아는 '착한 사람'이 된다. 슬픔은 깊이와 성숙으로 우리를 이끈다. 그러니 나에게 조금만 슬퍼할 시간을 주는 것은 어떠한가.

충분히 슬퍼하지 않는다면 슬픔은 반복된다. 그렇게 마음 한구석에 슬픔을 묻어둔 채 가끔씩 꺼내어 스스로에게 상처주고 끔찍해한다. 충분히 슬퍼했다면 나 자신을 용서하게 된다. 감정에 동요하지 않고, 마치 앙금이 가라앉은 맑은 술처럼 그날을 기억할 뿐이다. 슬픔을 곱씹는 당신, 이렇게 자문해보라.

'잠깐, 이젠 용서할 때가 되지 않았니?'

죽음도 건드리지 못할
늘음에 대하어

어느 복지재단에 자원봉사자를 대상으로 한 강연에 나갔다. 강연장에 들어서는 순간 놀랐다. 6, 70대 노인들이 앉아 있었기 때문이다. 은연중에 자원봉사는 젊은이들이 할 일이라고 생각했었나 보다. 아무래도 힘과 여유가 있어야 할 수 있는 일이 봉사가 아닌가.

젊은이들에게 맞춰 준비해 간 강연이라 무슨 이야기를 해야 할지 순간 당황했다. 몇 번 헛기침을 하고 단상에 섰다. 그런데 이게 웬일인가. 나를 바라보는 분들이 모두 내 어머니아버지처럼 보였다. 파마머리에 곱게 화장을 한 어머니들, 눈가에 웃음 주름이 깊게 패인 아버지들이 영락없는 내 부모의 모습이었다. 나는 부모님에 관한 추억담으로 강연을 시작했다.

강연이 끝날 무렵 부모님에게 당부하는 마음으로 말했다. 이제는 사람들 앞에서 조금 더 당당하시라고. 그만큼 애썼으면 주위 눈치 보지 않고 살아도 괜찮다고. 마음에 맺힌 무엇이 있었는지 강연장이 숙연해졌다. 몇몇 분들은 손수건을 꺼내 눈가를 훔쳤다. 어쩌면 그동안 드러내지 못한 감정들, 이를테면 혼자 감내하는 외로움을 내가 건드린 게 아닌가 싶다. 듣기로는, 그분들 모두 물질이 넉넉해서 봉사를 하고 있는 것은 아니라고 한다. 그날 모인 분들의 삶을 한 장 넘겨보면 이런저런 어려움이 책의 목차처럼 늘어서 있을 것이다. 그분들의 눈물이 그걸 말해주고 있었다.

강연을 마치고 오면서 무심코 삶의 무상함을 생각했다. 헤밍웨이의 『노인과 바다』가 떠올랐다. 늙은 어부가 오랫동안 물고기를 잡지 못하다가 먼 바다로 나가 큰 고기를 잡아 돌아오는 과정을 그린 소설이다. 고등학교 때 처음 읽었는데 그때는 지루해서 혼났다. 결국 늙은 어부는 큰 물고기를 낚는 데 성공하지만 끌고 오는 도중 상어 떼를 만나 사투를 벌이다가 상어에게 고기를 다 빼앗기고, 앙상하게 남은 뼈만 끌고 돌아온다는 내용이다. 늙은 어부에 대해서 헤밍웨이는 이렇게 묘사하고 있다.

그는 멕시코 만류에서 조각배를 타고 홀로 고기잡이하는 노인이었다. 여든 날하고도 나흘이 지나도록 고기 한 마리 낚지 못했다. 처음 사십 일 동안은 소년이 함께 있었다. 그러나 사십 일이 지나도록 고기 한 마리 잡지 못하자 소년의 부모는 그에게 이제 노인이 누가 뭐래도 '살라오'가 되었다고 말했다. '살라오'란 스페인 말로 '가장 운이 없는 사람'이라는 뜻이다. 소년은 부모가 시키는 대로 다른 배로 옮겨 타게 되었는데, 그 배는 첫 주에 큼직한 고기를 세 마리나 잡았다. 소년은 날마다 노인이 빈 배로 돌아오는 것을 보고 가슴이 아팠다.

－『노인과 바다』 중에서

세상의 많은 이들이 행운아라기보다는 '살라오'에 더 가깝다. 그러나 살라오 노인의 삶은 묵직한 감동으로 다가온다. 그 이유는 끝없는 실패와 좌절만 안겨준 아무런 소득 없는 바다를 끝까지 사랑했기 때문이다. 그래서 간신히 낚은 대어를 상어에게 몽땅 빼앗긴 뒤에도 노인은 아무렇지도 않게 삶을 계속 이어갈 수 있었던 것이다.

또 하나, 곁에서 지켜보던 소년이 혼신의 힘을 다하는 노인에게서 고기 잡는 법과 살아가는 법을 배우는데, 노인의 삶이 위대한 이유가 여기에 있다. 실패와 성공의 잣대가 아니라 한 인간의 삶 그 자체가 다음 세대의 인생 텍스트가 되는 것이다.

내 가슴을 뭉클하게 했던 자원봉사자 어르신들의 눈빛은 살라오 노인의 푸른 눈빛과 닮았다. 외로움과 고단함과 늙음의 허무함 속에서도 조금 더 힘을 내어 타인을 위한 봉사를 하겠다고 나선 그들이다. 살라오가 실패와 좌절만 안겨주었던 '바다'를 사랑하듯 그분들 모두 서로 도우며 살겠다는 마음가짐이 있기에 가능한 일이었다.

조병화 시인의 「어머님 저를 늙게 해주십시오」라는 시가 있다. 시인이 저 세상에 계신 어머니에게 보내는 편지다. 죽음이 못 건드릴 만큼 잘 살겠다고 시인은 결연하게 다짐하고 있다.

어머님. 저를 늙게 해주십시오

죽음도 건드리지 못할
늙음에 대하여

그곳 사자(死者)의 세계에 계신

당신을 훤히 볼 수 있는

경지로

절 늙게 해 주십시오

그리하여

죽음이 절 툭툭 치더라도

까닥하지 않게 해주십시오

죽음이 건드리지 못할 늙음이란 무엇인가. 죽음도 두렵지 않은 늙음이란 무엇인가. 나는 어떻게 나이 들어갈까를 생각해본다. 세월이 흐르면 자연스럽게 삶의 지혜가 생긴다는 말을 나는 믿지 않는다. 도력 높은 수행자들의 지혜가 그냥 생기는 것이 아니듯이 말이다. 젊은 당신이라면 인생 계획에 나이 듦, 혹은 늙음의 항목을 더해보는 것은 어떻겠는가.

몽테뉴는 말했다. "죽음이 나를 찾아왔을 때 죽음이나 못다 한 정원 손질에 대해 걱정하지 않고, 양배추를 심고 있는 모습을 보여주고 싶다." 나 또한 끝까지 살아낼 것이다.

상처받은 '나'는
과거에 두고 오라

그녀를 처음 만났을 때 마치 한 폭의 동양화를 보는 듯했다. 청초한 모습은 잘 가꾼 난분 같았다. 말수가 적어서인 줄 알았는데 동양화를 전공한 화가란다. 하는 일이 품새를 가꾼다는 말이 일리가 있다. 하지만 이제는 그림을 그리지 않는다고 했다. 왜냐고 묻지 않았다. 가끔 그녀의 무표정한 얼굴에서 느껴지는 알 수 없는 분노가 원인일지 모른다고 생각한 것이다. 나의 사소한 궁금함이 그녀에게 상처가 될 수도 있기 때문이다.

그녀가 마음을 털어놓은 것은 만난 지 3년이 지나서였다. 그간 주위에서 숱한 사연을 들었지만 그녀의 삶은 큰 충격으로 다가왔다. 나는 어떤 말을 해줘야 할지 몰랐다.

결혼 전 그녀는 화가를 꿈꾸었다. 실력도 좋아서 기대를 모았다. 그러던 중 우연히 선을 보고 결혼까지 하기에 이르렀다. 하지만 행복도 잠시, 남편은 출장을 핑계로 외박이 잦아지더니 한 달 넘도록 집에 오지 않았다. 알고 보니 남편은 도박 중독자였다. 게다가 다른 여자까지 있었다. 내연녀에게서 조롱을 당한 것도 모자라 남편은 그녀를 유인해 담보로 잡고 도박 자금을 빌리려고까지 했다. 그렇게 남편과는 상처투성이인 채로 끝이 났다. 끔찍한 일을 겪고 보니 그녀는 더 이상 그림을 그릴 수가 없었다고 했다.

그녀의 얼굴에 드리운 그늘을 그제야 조금 이해할 수 있었다. 그녀는 그동안 나를 만나면서 모든 걸 털어놓고 싶을 때가 한두 번이 아니었지만 용기가 나지 않았다고 했다. 자신의 상처를 인정하고 싶지 않아서였을 것이다. 입 밖으로 꺼내는 순간 끔찍했던 그때의 감정에 빠질까 두려웠을 것이다.

그녀가 나에게 모든 걸 털어놓는 순간 나는 올 것이 왔구나 싶었다. 그녀와 나 사이에 흐른 3년의 시간이 약이었을까. 3년 동안 우리가 한 일은 고작 차를 마시거나 밥을 먹거나 공원을 걷는 일이 다였다. 무슨 이야기를 나누었는지 기억조차 나지 않는다. 하지만 그래, 그렇구나, 하는 공감의 순간들이 차곡차곡 쌓이면서 가장 깊은 상처를 꺼내기에 이른 것이다.

"스님, 이젠 울지 않아요. 괜찮아졌나 봐요."

그녀의 말에 하마터면 내가 눈물을 흘릴 뻔했다. 그녀는 나에게 고백하면서 비로소 자유로워졌다. 지난날 상처받은 '나'를 과거에 남겨두고 지금 여기로 돌아온 것이다. 그녀가 조금 더 힘을 내서 그림을 다시 그리는 모습을 상상해본다.

사실 외로움을 꺼내놓기는 쉽지 않은 일이다. 너도나도 할 것 없이 모두 외로움은 있기 마련인데도, 내가 외롭고 힘들 땐 남들은 다 행복해 보인다. 다들 즐겁게 사는데 나 혼자만 외로운 것 같은 느낌을 받는다.

그래서 더 말을 못하는 것 같다. 하지만 자세히 들여다보면 말하지 않아도 알 수 있다. 상대가 얼마나 외로워하는지, 얼마나 고통스러운지를.

출가하면서 나는 사람들의 상처를 예민하게 감지하게 되었다. 대개는 관계로 인한 상처 하나쯤 누구나 간직하고 산다. 살다보면 좋은 사람만 만나게 되지 않는다. 믿었던 사람에게 발등 찍히고 뒤통수를 맞는 일도 다반사다. 편안해 보이는 사람들도 나를 만나면 "스님, 저 있잖아요……" 하면서 뭔가 이야기를 꺼내고 싶어 한다. 내가 입은 먹물 옷(승복)만 보아도 위로가 된다고 하니 나는 참 복 많은 사람인가 보다.

나는 그들의 말을 기다린다. 스님은 기다려주는 사람이다. 사람들의 상처가 낫기를, 눈물이 그치기를, 고통이 잦아들기를……, 내가 잘하는 일은 들어주는 일이기 때문에 말할 때까지 기다린다. 그리하여 그들 스스로 자신을 돌볼 수 있을 때까지.

몸의 상처가 그렇듯 마음의 상처도 아무는 데 시간이 걸린다. 원망하고 후회하고 아픈 것만 생각하면 상처는 더 깊어진다. 사람으로 인하여 상처 받지만 또한 사람으로 인해 상처를 치유 받는다. 그게 인생이다. 나 또한 누군가에게 상처를 주었음을 인정한다면 기꺼이 누군가에게 위로가 되어주어야 한다. 그래서 나는 누군가 만나고 돌아오는 길에는 반드시 마음속으로 기도를 올린다.

"5월 봄 햇살 같은 붓다의 평온한 에너지가 당신의 상처를 따뜻하게 감싸주기를 기도합니다. 그리고 그 자리에 새로운 사랑이 싹트기를 바랍니다. 우리는 할 수 있습니다. 사랑은 능력이 아니라 선택이기 때문입니다."

상처받은 나는
과거에 두고 오라

어리석은 침묵
지혜로운 침묵

도심에 머물다 보니 골목에서 종종 부부 싸움하는 소리를 듣게 된다. 그런데 이상한 점은 대부분은 여자 목소리만 듣게 된다는 것이다. 한번은 "제발 무슨 말이든지 좋으니 말 좀 해봐요! 말 좀 하라고요!"라는 여자의 흐느낌을 들었다. 그제야 알았다. 남편들이 줄곧 침묵한다는 것을. 남편이 다툼의 원인 제공자라면 할 말이 없을 수 있겠지만 딱히 그런 것만은 아닌 것 같다. 빨리 싸움을 끝내기 위한 나름의 방법일 수도 있다. 그러나 아내는 침묵하는 남편이 얼마나 답답할까. 제발 한마디라도 해보라는 아내의 다그침을 듣노라면 싸움이 빨리 끝나기는커녕 더 큰 일이 일어나는 건 아닌지 조마조마해진다.

이런 이야기가 있다. 고집이 아주 센 부부가 있었다. 하루는 떡 세 개를 놓고 부부가 말싸움이 생겼다. 한 개씩 떡을 먹고 나니 한 개가 남았는데 서로 먹겠다고 말씨름을 벌이다 결국 끝까지 말을 하지 않는 쪽이 먹기로 했다. 그날 밤 도둑이 들었다. 부스럭 소리를 듣고 부부가 잠에서 깼다. 그런데 도둑을 보고도 부부는 소리를 지르지 않고 쳐다보기만 할 뿐이었다. 도둑은 이상하다 여기면서 이곳저곳 신나게 뒤졌다. 부부의 침묵에 용기를 얻은 도둑은 아내까지 해코지하려고 했다. 그때까지도 남편은 말이 없었다. 참다못한 아내가 고함을 쳤다. "도둑이야!" 그러고는 남편에게 말했다. "이 미련한 사내 같으니라고. 그깟 떡 하나 때문에 아내가 위험에 처했는데 가만히 있단 말이야!" 그러자 남편이 말했다. "그럼 이제 이 떡은 내 거야!"

어떤가. 이 이야기 속의 남편과 침묵을 지키는 남편의 모습이 비슷하지 않은가. 떡 하나 때문에 집안 살림과 아내까지 도둑맞도록 입을 다문 것이나, 아내에게 상처를 남기면서까지 대화를 거부하고 신뢰가 깨지도록 만든 것이나 모두 어리석은 침묵이다.

'침묵'에는 강한 힘이 있다. 침묵은 지혜의 눈이라고도 한다. 통찰의 기회를 제공하기 때문이다. 침묵은 아이러니하게도 말하지 않음으로써 더 많은 것을 이야기하기도 한다. 침묵함으로써 더 많은 소리를 들을 수 있으며 내면의 소리를 듣게 된다. 혼자 있을 때 우리는 비로소 침묵 속에서 자신과 대화를 시작할 수 있다. 절대자를 믿는 이들은 침묵을 신에 가까이 가는 길이라고 했다. 스님들의 묵언 수행과 천주교 수도원의 침묵 수행 모두 영성을 개발하는 오래된 방법이다. 침묵은 단지 말하지 않음이 아니라 나와 타인, 세상 그리고 보이지 않는 세계의 소리를 듣기 위한 위대한 행위인 것이다.

어리석은 침묵
지혜로운 침묵

요즘처럼 말과 글이 난무하는 세상에 침묵은 더욱 필요하다. 그러나 한편으로 침묵은 나쁜 쪽으로 작용하기도 한다. 오해와 갈등, 분열을 일으킨다. 상대에게 무시당했다는 느낌을 갖게 하여 다툼의 원인이 되기도 한다. 불교에서는 이런 침묵을 '어리석은 침묵'이라고 한다. 또 역사적으로 비극적인 사건 뒤에는 부당한 침묵이 있었다. "전환기 사회의 최대 비극은 악한 사람들의 거친 아우성이 아니라 선한 사람들의 소름끼치는 침묵이었다." 마틴 루터 킹 목사의 말이다.

이런 일도 있었다. 1982년 미국의 한 비행기가 추락해 70여 명의 승객이 목숨을 잃은 사고였다. 원인은 엔진이 얼어 있었기 때문이다. 그런데 이륙 전에 부기장이 비행기 날개와 엔진 부근에 고드름이 잔뜩 매달려 있는 것을 보았다. 그는 비행기가 추락할 수도 있겠다고 직감했지만 기장에게 말하지 않았다. 상사에게 자기주장을 했다가는 건방지다는 소리를 들을 게 뻔하다고 생각했기 때문이다. 부기장이 침묵하지 않았다면 막을 수 있었던 사건이었다.

말을 조심하라고 한다. 말은 오해와 갈등. 불행의 씨앗이다. 그런만큼 침묵도 조심해야 한다. 진실한 대화는 말과 침묵의 조화로움으로 만들어진다. 침묵은 상대의 이야기를 듣고자 할 때, 마음공부를 해야할 때 유용하다. 법정 스님은 "침묵의 체로 거르지 않은 말은 소음이나 다름없다"고 했다. 침묵 속에서 성숙해진 말은 자신을 지혜롭게 만들고 자비로운 마음으로 상대와 소통하게 만든다. 마음을 편안하게 하고, 직면한 상황을 통찰하게 한다. 그리하여 삶을 부드럽고 순조롭게 이끌어준다. 이것이 바로 '지혜로운 침묵'이다.

한 해가 저물어간다. 이즈음이면 마음을 나눌 기회가 많아진다. 말해야 할 것들, 침묵해야 할 것들의 지혜로운 구분이 더욱 필요한 때다.

침묵을 소중히 여길 줄 아는 사람에게 신뢰가 간다.
초면이든 구면이든 말이 많은 사람한테는 신뢰가 가지 않는다.
나도 이제 가끔 많은 사람들을 만나게 되는데
말수가 적은 사람들한테는
오히려 내가 내 마음을 활짝 열어보이고 싶어진다.

사실 인간과 인간의 만남에서 말은 그렇게 중요하지 않다.
꼭 필요한 말만 할 수 있어야 한다.
안으로 말이 여물도록 인내하지 못하기 때문에
밖으로 쏟아내고 마는 것이다.

이것은 하나의 습관이다.
생각이 떠오른다고 해서 불쑥 말해버리면
안에서 여무는 것이 없다.
그렇기 때문에 그 내면은 비어 있다.
말의 의미가 안에서 여물도록
침묵의 여과기에서 걸러 받을 수 있어야 한다.

입에 말이 적으면
어리석음이 지혜로 바뀐다고 말하고 싶은

어리석은 침묵
지혜로운 침묵

충동을 참을 수 있어야 한다.

생각을 전부 말해버리면

말의 의미가 말의 무게가 여물지 않는다.

말의 무게가 없는 언어는 상대방에게 메아리가 없다.

오늘날 인간의 말이 소음으로 전락한 것은

침묵을 배경으로 하지 않기 때문이다.

말이 소음과 다름없이 다루어지고 있기 때문이다.

우리들은 말을 안 해서 후회되는 일보다도

말을 해버렸기 때문에

후회되는 일이 얼마나 많은가!

– 법정 스님, 『말과 침묵』 중에서

나보다 잘나가는 이들에게
박수를 보내라

'잘 나갈수록 조심하라'고 한다. 나에게 그런 걱정을 해주는 분들이 더러 있다. 아니, 내가 뭐 그리 잘 나가는 사람도 아닌데 하면서 대수롭게 여기지 않았다. 그런데 언제부턴가 나에 관한 험담이 들려왔다. 아니 땐 굴뚝에서 연기 나는 격이었다. 그런데 가만 들어보니 소문의 근원이 나와 가까운 사람들에게서 흘러나온 것이다. 기분이 좋지 않았다. 한편으로 많은 사람들을 대상으로 하는 만큼 구설이 생기는 것은 당연한 법, 그때마다 소란 피우지 말고 겸손을 잃지 말아야겠다고 다짐했다.

그런데 우리는 정말 나보다 잘 나가는 사람들에게 박수를 보내줄 수는 없을까?

이웃집에 살면서 어린 시절부터 친구였던 두 사람이 사랑하는 여인을 두고 앙숙이 되었다. 어느 날 친구를 시기하던 A 앞에 숲속의 정령이 나타나 이렇게 말한다.

"네 소원을 세 가지만 들어주겠다. 하지만 잊지 마라. 네가 무엇을 원하든 네가 싫어하는 네 친구에겐 항상 그 두 배를 줄 것이다."

고민에 빠진 A. 집으로 돌아가는 길에 문득 여자가 떠난 건 다 자기 집이 볼품없어서 그런 거라고 생각하고는 "넓은 집이 있다면 좋을 텐데" 하고 생각했다. 순간 초라한 집은 온데간데없고 저택이 눈앞에 나타났다. 그런데 이웃에 있는 친구집을 보았더니 호화스런 저택이 두 채나 들어서 있었다. A는 화가 머리끝까지 솟았다. 감정을 억누르며 집 안으로 들어간 그는 집 구경을 하다가 자신도 모르게 두 번째 소원을 빌었다.

"이렇게 멋진 집에 나를 떠난 여인보다 훨씬 더 아름다운 여인이 있다면 얼마나 좋을까."

그러자 오드리 헵번처럼 아름다운 여인이 나타났다. A는 기뻐서 어쩔 줄을 몰랐다. 그렇게 기뻐하다가 무심코 창문을 통해 밖을 내다보니 친구가 두 명의 멋진 여인과 놀고 있는 게 아닌가. 그는 질투로 몸을 떨었다. 그리곤 몹시 불쾌한 기분으로 이렇게 기도했다.

"정령이시여, 내 고환을 한쪽만 잘라 주십시오!"

질투란 이런 것이다. 질투는 물불을 가리지 않는다. 두 눈을 가려 자기 자신까지 파괴시키는 위험한 감정이다. 기형도 시인이 '질투는 나의 힘'이라고 했지만, 그건 '하얀 질투'를 말한다. 삶에 의욕을 주고 나를 성장시키는 좋은 에너지로서의 질투! '검은 질투'는 다른 사람을 시기하여 험담하고 해를 입히려는 나쁜 감정이다. 우리 마음에 왜 질투가 생겨나는 것일까. 흔히 질투의 원인을 '비교하기'에서 찾는다. 나보다 능력이 좋고 돈이 많고 외모가 좋고 성격이 좋은 사람들에 대한 열등감 때문에 질투가 일어나는 것이다. 사실 비교라는 잣대는 얼마나 허무한가. 두 개의 나무 막대기가 길이를 놓고 싸운들 대나무만 하겠는가. 그러나 대나무가 길다고 해서 당장 지팡이로 쓸 수는 없다. 쓸모를 따지고 보면 나무막대기가 더 좋은 것이 되는 셈이다.

그렇다면 우리는 질투에서 어떻게 벗어날 수 있을까. 근본적으로 질투는 진정한 '나'를 모르기 때문에 생긴다. 내가 할 수 있는 것, 내가 잘 하는 것, 내가 진정으로 원하는 것이 무엇인지 정확하게 알고 있다면 그 길로만 가면 된다. 그런데 내가 나를 모르므로 삶의 기준을 타인 혹은 사회가 원하는 기준에 맞추어놓을 수밖에 없는 것이다. 나의 아름다움을 모르니 타인의 외모가 부럽기만 하고, 내가 뭘 잘하는지 모르니 다른 사람들이 우러러보는 직업을 선망하고, 내가 세운 행복에 대한 기준이 없으므로 다른 사람의 행복과 끊임없이 비교하는 것이다. 얼마 전 어떤 분이 새로 산 차가 말썽이라면서 이런 말을 했다. "강남에서는 이 차가 대세라고 해서 샀는데 속상해요." 자기 돈을 주고 산 차인데, 남이 좋아하는 차를 타고 다니는 셈인 데다, 고장까지 잦으니 얼마나 속이 상하겠는가. 진정으로 자신이 갖고 싶은 것이 무엇인지 생각했다면 다른 선택을 할 수도 있었을 것이다.

한 청년에게 연애상담을 해준 적이 있다. 질투로 인해 괴로워하는 친구였다. 여자 친구가 다른 이성을 만나거나 하면 신경이 쓰인다고, 그래서 자주 다툰다고 했다. 이성간의 질투는 자긍심 부족으로 인해 생긴다. 스스로 부족하다 여기기 때문에 여자 친구가 다른 사람에게 마음을 빼앗길 것이라고 생각하는 것이다. 내가 말했다.

"내가 생각하기에 네 자신을 사랑하는 법도 알아야 할 것 같구나. 네 자신을 믿고 만족해한다면 여자 친구를 의심하거나 질투하거나 하지 않을 거야. 의심은 확신이 부족하기 때문에 생긴단다. 사랑 받으려는 것보다 네가 사랑하는 마음을 더 소중하게 생각해봐. 질투는 잠시 일어나는 거품이라고 생각하렴."

우리는 자기다움을 잃지 않고 비교하지 않음으로써 스스로를 힘들게 하는 수많은 감정으로부터 자유로울 수 있다. 요즘 조계사에 국화 축제가 한창이다. 색깔과 크기가 모두 제각각인 꽃이 사방에 가득하다. 국화 향이 진동한다. 꽃들은 서로를 부러워하지 않는다. '나는 노란 꽃', '너는 빨강 꽃'이라고 할 뿐이다. '너도 꽃 나도 꽃 우리 모두 꽃이다'는 말처럼 우리는 각각 다른 꽃일 뿐이다.

시쳇말로 "부러우면 지는 거다"는 말을 흔하게 듣는다. 부러움을 내색하지 말고 쿨한 척하라는 것이다. 그 쿨한 태도는 나도 좋다. 하지만 쿨함이 냉소로 흐르지 않기를 바란다. 부럽지 않은 척하지 말고 마음껏 부러워하면서 내 삶에 동기 부여하는 것이다. 나를 발전시키고 행복하게 만드는 긍정적인 힘으로 사용하는 것이다. '질투는 나의 힘'처럼 말이다.

사랑은 그럴 수도 있겠다는 마음이다

한 신문사에서 '스님이 사랑한 책'에 대한 인터뷰를 요청 받았다. 인터뷰를 위해 책장을 훑어보니 중구난방으로 책이 꽂혀 있었다. 마치 책장 주인의 독서취향이 얼마나 얄팍한가를 보여주는 듯했다. 무엇 하나 깊게 파고 든 것이 없구나 싶어 새삼 낯이 뜨거웠다. 고심 끝에 꺼내 든 책이 '제임스 레이첼즈'의 『도덕철학의 기초』였다.

　이 책은 일본 유학을 마치고 돌아온 이후 내 삶에 가장 큰 영향을 끼친 책이다. 7년 만에 한국으로 돌아왔을 때 모든 게 낯설었다. 유학시절에는 공부에 집중하느라 한국 소식은 일부러 듣지 않았다. 7년 만의 귀향은 마치 난데없는 따귀를 맞은 것처럼 정신이 없었다. 몸은 한국에 있지만 정신은 일본과 한국 사이 바다 어디쯤에 떠있는 것 같았다. 나와 이야기하려는 사람도 없었고 내가 다가서고 싶은 이들도 없었다. 무엇보다 세상이 어떻게 돌아가는지 몰랐다. 한동안 집 밖에 나가지 않고 책만 읽었다. 불교 책보다 일반 서적들만 골라 읽었다. 대중서를 읽어야 7년의 간극을 메울 수 있을 거라 생각했기 때문이다. 『도덕철학의 기초』는 이때 만났다.

이 책은 딱딱한 제목과는 다르게 생활 속 실제 사례를 바탕으로 쓰여 있어 쉽게 읽힌다. 그러나 우리의 생각, 사고를 돌아보게 한다는 점에서 내용은 결코 가볍지 않다. 사례 중에는 병으로 고통스러워하는 자식을 죽인 아버지에 관한 이야기, 무뇌아 아기의 장기 이식 문제, 샴쌍둥이의 분리수술을 반대하는 부모 등, 하나의 결론으로 모아질 수 없거나 정답이 없는 문제를 다룬다. 하나의 문제를 다양한 각도로 바라보고 진실은 하나가 아닐 수도 있다는 것, 즉 입체적인 시각을 가질 수 있도록 도와주는 책이다.

이런 논쟁들을 읽어가며 내 사고방식에도 변화가 생겼다. 일상에서 크고 작은 딜레마와 맞닥뜨렸을 때 '그것을 어떻게 판단할 것인가, 어떻게 하면 모든 이에게 이익이 되는 쪽으로 선택할 수 있는가'를 판단의 근거로 고려하게 되었다. 생각의 틀이 바뀐 것이다.

물론 도덕책은 세상에 널렸다. 피터 싱어나 마이클 샌델처럼 유명한 사람의 책은 수많은 사람들이 읽었고, 지금도 읽히고 있다. 그들이 주장하는 옳음에 대한 이야기는 감동적이다. 하지만 그들을 만나기 전에 나는 제임스 레이첼즈를 만났다. 마치 첫 정이라도 든 것처럼 그의 생각법은 내 안에 강하게 자리 잡았다. 그리고 도덕철학의 마지막 지점에서 나는 '달라이 라마'를 만났다. 생소한 연결이지만, 달라이 라마가 말한 '종교를 넘어선 보편적 도덕'에 관한 권유는 인류에게 도덕성이 얼마나 중요한 것인지를 잘 설명해준다. 달라이 라마는 이렇게 말했다.

"종교는 과거 수없이 많은 사람들에게 도움을 주었습니다. 그러나 지금처럼 다양화된 세계화 시대에는 종교가 인간의 모든 고민과 문제들에 해답을 줄 수 없습니다. 이제 종교를 초월한 삶의 방식과 행복을 찾아야 할 때입니다.……나는 도덕이 종교 관념이나 신앙에 바탕을 두어야 한다는 의견에 동의하지 않습니다."

현대사회는 다양한 종교가 공존하지만, 종교분쟁의 역사가 증명해주듯 피로 얼룩져 있다. 달라이 라마의 말처럼 지금은 내 종교만을 고집하는 시대가 아니다. 내 종교의 시각으로 세상을 바라보고 판단해서는 안 된다. 자기 종교만을 내세울수록 끔찍한 일이 벌어질 것이다. 중요한 건 어떤 종교와도 모순되지 않는 공통된 가치를 찾아야 한다는 사실이다. 그 근간을 이루는 보편적 가치가 바로 '도덕'이다. 어디 종교뿐이겠는가. 모든 화합의 원리는 '도덕'에서 시작해야 옳다.

추석 연휴가 시작되는 날, 청운동주민센터 앞에 다녀왔다. 세월호 유가족들이 대통령을 만나게 해달라고 며칠째 노숙을 하고 있었다. 어이없게 자식을 잃은 슬픔도 모자라, 명절을 차가운 길 위에서 보내야 하는 심정이 안타까워 송편과 과일을 싸들고 갔다. 그분들 옆에 앉아 이야기를 나누는 사이 예비 수녀 두 분이 천막 안으로 들어왔다. 예비 수녀는 스무 살쯤 되어 보이는 앳된 모습이었다. 그때 유가족인 한 어머니가 예비 수녀를 보고 "우리 딸이랑 너무 닮았어요" 하며 눈시울을 붉혔다. 처음에는 어린 수녀를 보고 죽은 아이의 얼굴이 떠올랐겠지 싶었다. 그런데 나오는 길에 담벼락에 붙은 아이들 사진을 보다가 깜짝 놀랐다. 사진 속에 예비 수녀와 똑같이 생긴 아이가 활짝 웃고 있었던 것

사랑은 그럴 수도
있겠다는 마음이다

이다. 가슴이 철렁했다. 뒤따라 배웅 나온 어머니 얼굴을 나는 똑바로 보지 못하고 서둘러 그 자리를 벗어났다. 산 사람의 얼굴 위로 떠오르는 죽은 자식의 얼굴, 그 어머니에게 절망은 앞으로도 살면서 이렇게 불쑥불쑥 찾아오겠구나 싶었다. 마음이 아팠다.

그리고 며칠 뒤였다. 오래 알고 지낸 분이 나를 보자마자 얼굴을 찌푸리며 말했다.

"스님, 가슴의 노란 리본 좀 떼요!"

세월호 유가족을 찾아갔을 때 한 어머니가 달아준 노란 리본이었다. 자식을 잃은 슬픔, 다시는 우리 사회에서 이런 끔찍한 일을 만들지 말자는 다짐이 담겨 있는 노란 리본이었다. 그분은 왜 노란 리본이 불편했을까. 혹자들처럼 세월호 사건을 정치적으로 이용하려는 세력의 상징으로 보는 걸까. 아니면 오래 이어지는 슬픔에서 그만 벗어나고 싶어서일까. 그들이 울음을 다 쏟아낼 때까지 조금 더 기다려주면 안 되는 것일까. 여러 가지 생각에 마음이 시끄러웠다.

"제발, 우리 사이좋게 지내요. 우리는 다 같이 사이좋게 지낼 수 있어요. 어차피 한동안은 이 땅에 다 같이 발붙이고 살아야 하잖아요. 그러니 서로 노력을 해가자고요."

나는 가끔 사람 때문에 욱! 하는 기분이 들 때 이 말을 중얼거린다. '제발 우리 사이좋게 지내자고요……' 그러면 마음이 금세 누그러진다. 1992년 흑인 로드니 킹이 한 말이다. 당시 로드니 킹을 막무가내로 구타한 LA경관 4명에게 무죄가 선고되자 폭동이 일어났다. 마치 전쟁터를 방불케 할 정도였다. 그때 로드니 킹이 싸움을 말리며 전한 평화의 메시지다.

세상을 살아가는 데 우리는 수많은 원리와 원칙과 곁가지들로 판단하고 파악한다. 그 가운데 가장 중심이 되어야 할 것은 인간의 기본 심성이다. 인간적인 심성 말이다. 인간에 대한 애정과 연민으로 보면 대부분의 일은 그럴 수도 있겠구나, 싶은 생각이 들면서 넘어갈 수 있다. 이해는 거기서 시작한다. 도덕이란 큰 담론 속에 있지 않다. 세상을 따듯하게 바라보는 나의 따듯한 눈길 속에 있다. 도덕이란 무엇일까. 바로 '인간을 사랑하는 마음'이라고 나는 생각한다.

사랑은 그럴 수도
있겠다는 마음이다

더 많이 이해하면
더 많이 용서할 수 있다

영화 〈명량〉에서 단 12척의 배로 330척의 왜군을 무찌른 이순신은 이렇게 말한다. "이 쌓인 원한들을 어찌할꼬." 이 말을 듣는 순간, 가슴이 서늘해졌다. 국적을 막론하고 자국의 이익을 위해 죽어간 슬픈 원혼들에 대한 안타까움에서다.

일본이 우리 민족에게 준 혹독한 시련을 생각하면 일본군의 죽음이 뭐 그리 대수냐고 힐난하는 이들도 있을 것이다. '한 사람의 죽음은 비극이지만 많은 사람의 죽음은 역사의 한 장면일 뿐이다'라는 말도 있다. 그러나 한 인간의 목숨은 소중하다. 누구의 어머니, 아버지, 자식으로서 헤아려보면 슬프지 않은 죽음은 없다. 전 세계 역사 속에서 전쟁이나 기근, 천재지변으로 죽어 간 이들이 품었을 한(恨)과 원통함이 거대한 에너지로 모이면 땅이 흔들리고 하늘이 뒤집히지 않을까. 한의 역사는 지금도 반복되고 있다. 이스라엘, 시리아 중동 지역에는 서로에게 총구를 겨누며 죄 없는 목숨들이 스러지고 있다.

굵직한 역사 속에서 죽어간 이들에게만 한이 서려 있는 것은 아니다. 누구에게나 원한은 있을 수 있다. 친구 사이에서도, 가족관계에서도 원망과 미움은 생긴다. 그들 모두가 자신의 가슴속 한을 쏟아놓는다면 세상은 엉망진창이 될 것이다. 서로 자기 맺힌 것만 얘기하고 들으려는 사람은 아무도 없을 테니 말이다.

원한에 대해 생각하니 기억나는 글이 한 편 있다. 리영희 선생이 '어머니의 원수 얘기'를 하며 쓴 글이다. 돌아가시는 날까지 선생의 어머니는 이렇게 되뇌었다고 한다. "배은망덕한 놈. 자기를 먹여 살린 주인을 총으로 쏴 죽인 나쁜 놈." 구구절절한 사연은 대략 이러하다.

리영희 선생의 외가는 천석꾼 갑부였다. 먹지 않고 쓰지 않으면서 부자가 된 그 집에 '문학빈'이라는 머슴이 있었다. 뼈 빠지게 고생만 하던 머슴은 어느 날 갑자기 말없이 사라져 독립군이 되었다. 그리곤 어느 해 겨울밤, 자기가 살던 집에 몰래 들어와 총부리를 겨누고는 독립군 군자금을 요구했다. 생명의 위협을 느낀 외조부는 다시는 오지 않겠다는 약속을 받아내고 돈을 내주었다. 그런데 이듬해 겨울, 머슴은 또 찾아왔고 외조부는 본의 아니게 독립자금을 연거푸 대주게 되었다. 그 뒤 머슴이 또 찾아오자 이번엔 격분해서 돈을 주지 않았다. 그러자 머슴은 외조부의 가슴에 방아쇠를 당겼다. 선생의 어머니가 총소리를 듣고 방으로 달려갔을 땐 이미 외조부는 숨을 거뒀다. 어머니의 입장에선 머슴 문학빈이 아버지를 죽인 철천지원수였던 것이다.

그러나 리영희 선생은 달랐다. 어려서는 어머니와 같이 문학빈을 원수라 여겼지만, 나라와 민족을 생각하면서부터 문학빈이라는 인물을

더 많이 이해하면
더 많이 용서할 수 있다

존경하게 되었다고 한다. 머슴살이를 박차고 나가 독립운동에 몸을 던진 그를 생각하며, 어머니가 "벼락 맞아 뒈질 놈"이라고 저주해도 그가 '뒈지지 않고' 살아서 조국의 광복을 누렸기를 빌었다고 썼다. 외조부의 죽음이 비참했기 때문에, 더욱 민족의 운명이 암담했던 때에 독립운동에 몸 바친 애국지사들에 대한 경외를 가슴 깊이 새기게 되었다면서.

리영희 선생의 이야기가 기억에 남는 이유는, 나쁜 사람만 원한의 대상이 되는 것은 아니라는 걸 새삼 느꼈기 때문이다. 좋은 사람도 얼마든지 원수가 될 수 있고, 누구에게든 깊은 원한을 맺히게 만들 수 있다는 것, 원한도 상대적일 뿐이라는 사실에 놀랐다. 누구에게나 원한은 생길 수 있고, 그 맺힌 한을 다 풀고 죽은 사람도 아마 없을 것이다. 어떻게 원한을 이해할지는 자신에게 달려있다.

원한을 끝내는 것은 매우 어려운 일이다. 일상에서 소소하게 맺힌 분한 감정도 쉽게 풀어내기 힘든데, 하물며 뿌리 깊은 원한임에랴. 마음 크게 내어 용서가 될 정도라면 굳이 원한이라고 하지 않을 것이다. 그럼 어떻게 해야 할까.

우선 가슴속 한이 있다면 먼저 그 원한이 만들어진 과정을 객관적으로 살펴봐야 한다. 내가 받은 상처와 고통이 너무 크면 그 외의 것들은 보이지 않기 마련이다. 왜 이런 일이 일어난 것인지, 상대는 왜 그래야만 했는지 사실 그대로 봐야 한다. 그래야 나의 피해를 크게 확대해서 보지 않게 된다. 상대에 대한 이해는 그 다음에 이뤄져야 한다. 몇 해 전, 온 국민을 슬픔에 빠트렸던 세월호 사건에서 유가족들이 그토록 애통해했던 것은 희생자들이 이유 없이 억울하게 죽었다는 생각 때문이다. 원인 규명과 진상이 투명하게 밝혀졌다면 유족들이 조금 더 빨리 슬픔을 다독이고 일어날 수 있었을 것이다.

원한을 푸는 것을 '해원(解冤)'이라고 한다. '해(解)'는 풀다, 벗다, 깨닫다, 설명하다는 뜻이다. 맺힌 것을 풀어내고 가려진 것을 벗겨내어 있는 그대로를 보고 깨닫는 과정이 용서다. 나에게 해를 입힌 대상에게 면죄부를 주자는 것이 아니다. 나의 분노, 노여움을 다독이고 상처에 빠지지 않기 위한 일이다. 나의 상처로부터 '나'를 구해내는 것이다. 그 과정은 긴 여정이 될 수도 있다. 누군가에게는 평생이 걸릴 수도 있다. 어쩌면 완전한 용서가 불가능할지도 모른다. 그래도 우리는 용서를 말해야 한다. 무엇보다 세상의 인과관계에 맞물려 원한의 화살은 돌고 돌아 결국 나를 향해 돌아오기 때문이다.

『법구경』에 보면 '원한은 버릴 때만이 풀 수 있다'는 말이 있다. 여러 종교에서 가르치는 공통의 믿음 중의 하나는 '누군가는 인내하고 희생함으로써 원한을 끝내야 한다'는 것이다. 그런데 그 누군가가 '나'가 되기는 어렵다. 남은 해도 자신은 안 된다. 왜일까?

용서를 한다는 것은 내 옆구리에 깊숙이 박힌 창을 내 손으로 뽑아내는 일이라는 말이 있다. 나 또한 용서가 안 돼서 괴로워했던 경험이 있기 때문에 더욱 공감 가는 이야기다. 상처가 남들 눈에는 하찮아 보일지라도 내가 받는 고통이 크다면 그건 큰 것이다. 고통의 무게에 따라 용서할 수 있는 일과 없는 일로 구분하긴 어렵다는 얘기다. 그러니 죽어도 용서를 못 하겠다면 자신에게 시간을 줘라. 묻어둘 시간, 용서할 시간, 그리고 잊을 시간. 맺힌 마음을 푸는 데는 시간이 약이다.

더 많이 이해하면
더 많이 용서할 수 있다

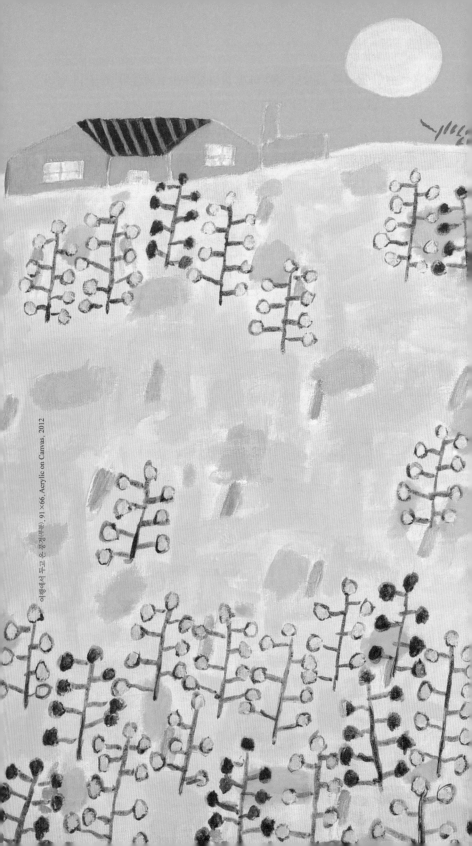

여행에서 두고 온 풍경(부분), 91 ×66, Acrylic on Canvas, 2012

누군가를 미워하기보다

누군가를 생각하며 마음 따듯해지는 일,

사랑스럽고 친절하고 좋은 마음들.

자연스러운 마음 표현이 우리 인생을 부드럽게 만듭니다.

좋은 마음은 솔직하게 드러내고 살면 좋겠습니다.

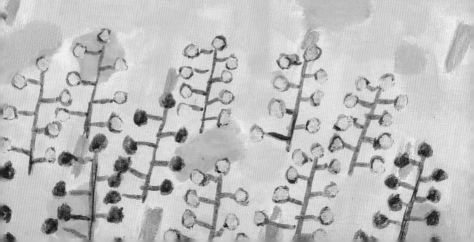

좋아하는 마음

"스님, 좋아하는 사람이 생겼어요. 어떡하죠?"라고 나에게 답을 구하는 이들이 있다. 마치 잘못한 일을 들킨 얼굴이다. 나는 웃으면서 답한다.

"아니, 그걸 왜 나한테 먼저 고백하는 거예요? 그 말 상대에게 가서 나에게 한 것처럼 똑같이 해요! 좋아하는 마음을 숨기지 말아요. 어떤 이들은 좋아하면서도 아닌 척하거나 차갑게 대하는 이들이 있어요. 그러면 상대가 오히려 당신을 외면할 수도 있어요. 조금 더 용기내서 직접 고백한다면, 그리고 상대가 당신의 사랑을 받을 자격이 있다면 당신의 마음을 받아들일 거예요. 내가 약속할게요."

아, 사랑한다는 것은 얼마나 좋은 일인가. 스님인 나는 평생 느껴보지 못할 감정인데 말이다. 이성에 대한 감정만이 아니다. 누군가를 미워하기보다 누군가를 생각하며 마음 따듯해지는 일, 사랑스럽고 친절하고 좋은 마음들. 자연스러운 마음 표현이 우리 인생을 부드럽게 만든다. 감정 표현에 서툴러서 일어나는 불행한 일들이 얼마나 많은가. 좋은 마음도 솔직하게 드러내면 좋겠다.

나는 식당에서 밥을 맛있게 먹고 나오는 날에는 꼭 이렇게 말한다.

"아, 정말 맛있게 먹었어요."

물론 맛없는 식당에선 아무 말도 하지 않는다. 다시 가지 않으면
그뿐 아닌가.

누군가를 좋아하게 되면 보통 그 사실을 숨기려 하죠.
상대가 어떻게 생각하는지 모를 때,
부끄러워서 혹은 왠지 내가 손해라는 느낌이
들어서일 수도 있어요.
하지만 사람이 사람을 좋아하는 마음은
얼마나 자연스러운 일인가요.
무언가를 좋아한다는 것,
특히 사람을 좋아하는 마음이야말로
가장 순수하고 깨끗한 감정이라고 생각해요.

차가운 머리 따듯한 가슴

TV 건강프로그램에서 전범석 박사를 보았다. 건강한 모습으로 환자를 진료하는 그를 보고 무척 반가웠다. 그는 『나는 서 있다』의 저자이다. 이 책은 그 자신이 전신마비를 겪으며 쓴 기록일기이다. 투병기라는 말을 쓰지 않은 것은 책 전반에 흐르는 놀라우리만치 차분하고 이성적인 그의 목소리 때문이다.

그는 우리나라 최고의 병원에서 실력을 인정받던 중 북한산 정상에서 돌부리에 걸려 넘어졌고 하루아침에 전신마비 환자가 되었다. 주위 사람들이 이 소식을 듣고 한달음에 찾아오기 시작했다. 그러나 그는 모든 문병을 거절했다. 하물며 그를 위해 기도해주겠다는 목사님마저 오지 말라고 했다. 그는 생각했다.

"……목사님이 문안을 오겠다고 하였다. 감사한 일이지만 사양했다. 지금 나에게 필요한 것은 하나님의 말씀을 듣는 것이 아니다. 이미 하나님은 말씀을 하셨고, 내가 할 일은 하나님의 손과 발이 되어 열심히 재활치료에 전념하는 것일 뿐, 그 이상 무엇이 필요하랴. 용기를 잃지도 않았고 실망하지도 않았으니 말이다."

"이미 하나님은 나에게 말씀을 하셨다"는 그의 생각에 존경심마저 들었다. 호랑이에게 물려가도 정신 바짝 차리면 된다고 하지 않는가.
상황과 사건에 휩쓸리지 않고 냉정하게 이해하려는 태도를 잊지 말자.
지금 나에게 일어난 일로 눈앞이 캄캄할 때 생각해보자. 이 고통은 나
에게 무슨 말을 하고 싶은 것일까. 무엇을 알려주려 하는가.

'차가운 머리와 따듯한 가슴'이란 말이 있습니다.
마샬이라는 경제학자가 한 말입니다.
그는 경제학으로 가난을 해결해야 한다고 생각했습니다.
공교롭게도 마샬은 경제학자가 되기 전에 성직자였다고 합니다.
이성적인 학문과 따듯한 종교의 어우러진 말이 아닌가, 상상해봅니다.
'차가운 머리와 따듯한 가슴', 이 두 가지를 갖추면
인생의 파도를 쉽게 넘을 수 있을 것 같습니다.

다이아몬드 사주

영덕에 사는 노스님을 만났다. 푸근한 인상의 스님은 말씀도 시원시원하게 하고 장난기도 있으셔서 꼭 동네 맘씨 좋은 할머니 같다. 주역을 공부해서 사주팔자를 잘 본다는 스님이 한번은 내 사주를 봐주셨다.

"원영이 너는 다이아몬드 같은 사주야."

"에이~ 설마요. 제가 얼마나 부족한 게 많은데요."

"아니, 요것 보게. 내 말을 안 믿네. 관둬라."

노스님이 휙 돌아앉았다.

"아니에요. 스님, 뭐라고요? 다이아몬드? 고거 좋네요."

노스님은 마지못한 척 눈을 흘기며 다시 말을 이어갔다.

"그래. 너는 다이아몬드야. 그래서 뭐든 잘 할 수 있는 거야. 원석은 갈고 닦아야 보석이 되지만 너는 이미 보석이야. 그러니까 뭐든 겁내지 말고 열심히 해. 네 도움을 받는 사람들이 많을 거야. 단, 조심해야할 것이 있다. 다이아몬드는 한 번 상처 나면 값이 뚝 떨어지지? 그러니까 항상 남들보다 조심하면서 살아야 되는 거야. 알겠니?"

사주를 믿지 않는 나는 속으로 생각했다. '내가 다이아몬드 사주라면 좋은 집안에서 건강하게 태어나 아무런 굴곡 없이 자랐을 것이다.'

그러나 책에서 다음과 같은 이야기를 읽고 다시 생각해보았다. 다이아몬드 사주를 달리 해석하면, 있는 그대로 내 모습을 사랑하라는 뜻이 아니었을까.

옛날 한 가난한 어부가 크고 아름다운 진주를 하나 주었다. 그런데 진주엔 아주 작은 흠집이 있었다. 어부는 몹시 아쉬웠다. '흠집만 없다면 정말 비싸게 팔 수 있을 텐데……' 고민 끝에 그는 흠집을 없애려고 진주 표면을 한 겹 벗겨냈다. 그래도 흠집이 남았다. 또 벗겼다. 그래도 흠이 남으니 어부는 계속해서 벗겨냈다. 드디어 흠집이 깨끗하게 없어졌다. 그런데 어쩌랴. 그땐 이미 진주도 함께 없어져 버렸다.

세상에 완벽한 사람은 없습니다.
다이아몬드건 진주건 흠집 있는 사람들이 대부분입니다.
흠집을 인정하고 받아들인다면 우리는 지금 이대로의
모습만 가지고도 크고 아름다운 존재가 될 수 있답니다.
그러니 완벽하지 않아도 좋습니다.
있는 그대로의 자신을 사랑하세요.

인생의 비밀 16
다이아몬드 사주

고요

내가 머무는 토굴은 '젊음의 해방구'라고 하는 홍대가 지척이다. 바로 옆은 전통시장이다. 전형적인 도시의 소음이 가득한 곳이다. 그런데 신기하게도 집 안으로 들어서면 소음은 순식간에 사라진다.

영국에서는 영국 땅의 고요한 곳을 표시하여 지도를 만든다고 한다. 고요한 땅으로 표시된 곳은 대도시보다 사람의 발길이 뜸한 자연의 공간이 아무래도 많다. 문제는 해마다 그 공간이 줄어들고 있다는 점이다. 소음만이 아니라 휴대폰, 메일, 광고 등 우리는 원하지 않는 정보들 때문에 가끔은 머리가 아플 지경이다. 현대인들의 불안과 초조, 분노, 신경질도 다 이런 눈에 보이지 않는 공해 때문이라는 분석도 있다.

하지만 산속에 살지 않는 한 소음에 적응하면서 마음을 관리해야 한다. 산중 암자에서 수행하다 도시에 잠깐 다니러 온 스님들은 정신이 하나도 없다며 얼른 산으로 돌아가려고 한다. 그런 스님에게 나는 농담처럼 말하곤 한다.

"이런 도시에서 사는 제가 스님보다 더 큰 수행을 하고 있습니다."

도시를 떠날 수 없는 우리는 일부러 고요함을 찾아야 한다. TV와 스마트폰 등 모든 전자기기를 꺼놓고 빈 방에 홀로 있어보기, 새벽 버스 타보기, 근무 시간에 살짝 빠져나와 바깥 공기 쏘이기 등. 대접의 작은 물이라도 잔잔하면 내 얼굴을 볼 수 있는 법이다. 스스로 고요해지려는 노력으로 마음을 돌보라.

내 마음은 깊은 산사의 도량입니다.
비가 내리고
꽃잎이 떨어지고
낙엽이 떨어집니다.
새벽마다 스님들은 싸리 빗자루로
마당을 밖에서 안으로 쓸어냅니다
나는 바깥의 소음을 안으로 모아
마음을 비질합니다.
홀로
고요해지려 합니다.

◇◇◇◇◇◇

동네 슈퍼마켓 앞에서 두 남자가 이야기를 나누고 있는 것을 보았습니다.
한 남자는 슈퍼마켓 주인이었고 다른 남자는 수염을 덥수룩하게
길렀습니다. 수염 기른 남자가 팔을 크게 휘두르고 주인은 심각한 얼굴로
바라보았습니다. 무슨 일일까? 혹시나 슈퍼마켓 주인이 맞지는 않을까,
나는 유심히 보면서 걸어갔습니다. 그리고 두 사람 앞을 지나면서 그만 픽,
하고 웃어버렸습니다. 넥센이 어떻고, 라이온즈가 어떻고……,
프로야구 이야기를 하고 있던 것입니다.
그것도 모르고 험악한 상황을 상상했던 것입니다.

인생에는 단지
'보이는 그대로 바라보기'가
필요한 때가 있습니다.
지나친 상상이 독이 되는 것이지요.

◇◇◇◇◇◇◇

드라마틱하다고 하지요?
갑자기 상황이 급반전하거나 우연한 행운이
일어나거나 하는 때 쓰는 말입니다.
하지만 그야말로 드라마일 뿐,
살다 보면 엄청나게 큰 행운도,
엄청난 비극도 갑자기 다가오지는 않는답니다.
작은 일들이 쌓여 가는 것이지요.
마치 겨울밤에 소리 없이 내려 지붕을 푹 덮어버리는 눈처럼.
드라마틱한 삶만 꿈꾸게 되면 무기력과 두려움이 생기게 됩니다.
그러면 지금 이 순간에 소홀해지게 된답니다.

◇◇◇◇◇◇◇

피아노로 소음을 만드는 사람이 있다면
아름다운 음악을 만들어내는 이도 있습니다.
어떻게 살아가느냐 방법의 문제입니다.

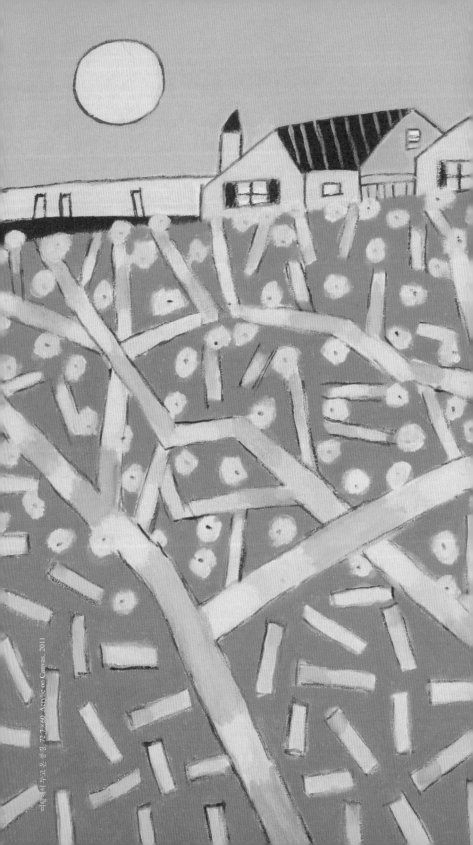

달빛에 두고 온 풍경, 72.7×60 · Acrylic on Canvas, 2011

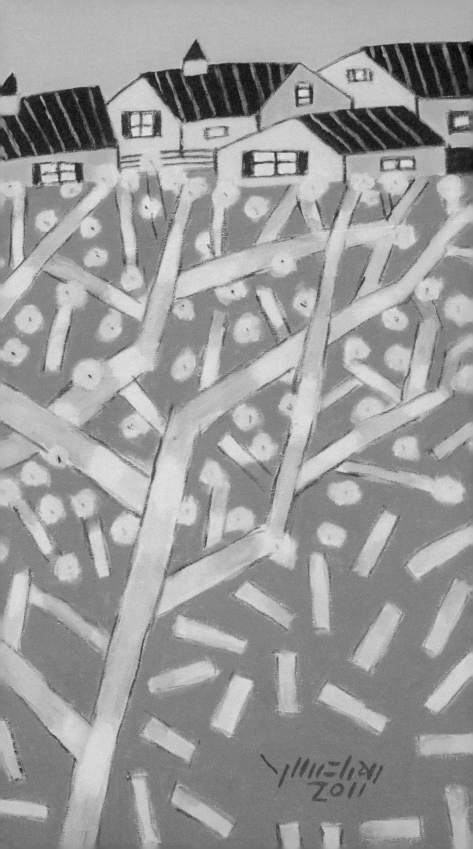

◇◇◇◇◇◇

불교의 삼매경(三昧境)은 오직 한 가지 일에만
마음을 집중하는 것을 뜻한답니다.
마음을 집중할 때 비로소 바르게 되지요.
비유하면 뱀은 늘 구불구불 다니다가
대나무 통에 들어가면 비로소 곧아집니다.
즉 대나무통은 우리의 흩어지지 않는 곧은 마음이니,
마음이 곧아야 바른 행동을 한다는 것이지요.

◇◇◇◇◇◇

일상의 사소한 감정들을 다루는 법을 배우세요.
큰 슬픔이나 괴로움보다 일상의 작은 감정들이
우리를 불행하게 만듭니다.
기분이 나쁘거나 화가 나거나 짜증이 나는 일들.
그런 감정들에 끌려 다니면
결국 우리는 행복하지 못하다고 느끼게 되니까요.

인도인은 "나마스테"라고 인사합니다.
이 말은 "제가 그대 안에서 신의 불꽃을 보았습니다"라는 뜻입니다.

불교식으로 해석하자면,
"제가 그대 안에서 불성(부처가 될 수 있는 성품)을 보았습니다" 정도겠지요.
이는 우리 모두가 각자 자기 안에 고결한 성품을 지니고 있다는 뜻입니다.

오늘은 "안녕" 인사와 함께
"나마스테"라고 인사드리고 싶습니다.

우리에게는 생각보다 훨씬 더 괜찮은 성품이 있고,
그것을 서로에게서 찾아내어
존중하고 신뢰하며 살아가면 좋겠습니다.

여행에서 두고 온 풍경, 53×53, Acrylic on Canvas, 2013

266.

일이 마구 꼬이는 날이 있는 반면, 일이 술술 잘 풀리는 날이 있습니다.
일이 풀리지 않는 날에는 저절로 몸을 사리고 조심하게 되는데
기대보다 일이 잘 풀리는 날에는 겸손해지는 것이 쉽지 않습니다.
나쁜 날이 있으면 좋은 날이 있듯 좋은 날이 있으면 언짢은 날도 있고,
그게 우리 일상이니 당연하지요.
그러나 인생에서 언제나 넘어지고 다치는 것은 어렵고 험한 길이 아니라,
매끄럽고 순탄한 길에서 방심하고 오만할 때입니다.
지금 절망의 눈물을 흘린다면 그만 거둘 일입니다.
또 지금 방심한 채 크게 웃고 있다면 내 머문 자리를 돌아볼 차례입니다.

라 로슈푸코는 말했습니다.
"사람에게는 그다지 많은 결점이 있는 것은 아니다.
겸손하지 못한 태도, 이것만 고친다면
많은 단점이 고쳐질 것이다."

암보다 더 위험한 게 무언지 아시나요?

바로 자책이랍니다.

내 탓이오, 하는 것은 숭고한 일이지만

습관적으로 그런 생각에 빠져 있다면, 증거를 찾아보세요.

나의 잘못을 입증하는 증거가 확실하지 않다면

스스로 괴롭히는 것을 멈추세요.

어떤 일이든 수많은 사건들이 연결되어 일어나는 것입니다.

우리는 완벽해지려는 것보다 나를 잃지 않고

바르게 살아가는 온전함을 위해 살아야 합니다.

태국의 도시 '차이야' 숲속에는
'붓다다사' 스님이 세운 수행처가 있습니다.
이곳에는 사람들이 볼 수 있도록 백골을 전시해두었다고 합니다.
그 백골은 한때 태국을 대표하는 최고의 미인이었다고 합니다.
세상에 영원한 건 없다는 것을 말해주고 있습니다.
그러니까 지금 이 순간을 성실하게 살아가라는 것입니다.

'가을이 우리에게 묻는 날이 있으리라.

여름에는 무엇을 했느냐고.'

체코에 전해지는 속담입니다.

다시 물어봅니다.

'삶이 우리에게 묻는 날이 있으리라.

그동안 어떻게 살았느냐고.'

지금이라도
알아서
다행인 것들
ⓒ 원영 2015

2015년 11월 17일 초판 1쇄 발행
2023년 9월 20일 초판 8쇄 발행

지은이 원영 • 그림 나윤찬
발행인 박상근(至弘) • 편집인 류지호 • 편집이사 양동민
편집 김재호, 양민호, 김소영, 최호승, 하다해
디자인 쿠담디자인 • 제작 김명환 • 마케팅 김대현, 이선호 • 관리 윤정안
콘텐츠국 유권준, 정승채
펴낸 곳 불광출판사 (03169) 서울시 종로구 사직로10길 17 인왕빌딩 301호
        대표전화 02) 420-3200 편집부 02) 420-3300 팩시밀리 02) 420-3400
        출판등록 제300-2009-130호(1979. 10. 10.)

ISBN 978-89-7479-280-0 (03810)

값 18,000원

잘못된 책은 구입하신 서점에서 바꾸어 드립니다.
독자의 의견을 기다립니다. www.bulkwang.co.kr
불광출판사는 (주)불광미디어의 단행본 브랜드입니다.